Liberté sous condition

Dans la même collection :

Joseph Hansen : *Par qui la mort arrive*
Charles Williams : *La Fille des collines*
Jonathan Latimer : *Gardénia rouge*
Tony Hillerman : *L'Endroit où dansent les morts*

Hors collection :

Joseph Hansen : *Le Noyé d'Arena Blanca*

ISBN : 2-86930-005-0

Titre original : Recoil

5, rue Paul-Louis Courier - 75007 Paris
10, rue Fortia - 13001 Marseille

Jim Thompson

Liberté sous condition

Traduit de l'américain
par Danièle et Pierre Bondil

Collection dirigée
par François Guérif

rivages/noir

1 - Doc Luther

Sans bruit, il fit jouer la poignée de la porte de la chambre de Lila, constata qu'elle était fermée à clef ; alors il alla dans sa chambre à lui et en laissa la porte ouverte afin de pouvoir entendre ce qu'elle faisait, et il ouvrit son attaché-case.

Il en sortit les polices d'assurance, les parcourut par acquit de conscience et les glissa dans la poche intérieure de sa veste. Il les déposerait demain dans le coffre-fort.

Il plongea à nouveau la main dans l'attaché-case et en ressortit d'autres papiers. Il les examina, sourcils froncés, en proie à une angoisse presque aussi intense que celle que lui inspiraient toujours les polices d'assurance. Avec un grognement irrité, il les classa plus ou moins par ordre chronologique et commença à les lire :

Prison de Sandstone

Maison de repos
du docteur Luther
Carrefour de Capital Street
& Lee Street
Capital City

Messieurs,

Vous trouverez ici une demande d'emploi assez peu commune. J'espère que vous la lirez jusqu'au bout et que vous voudrez bien la prendre en considération.

Je suis âgé de trente-trois ans, possède mon diplôme de fin d'études secondaires et, grâce à la lecture et à mon travail personnel, l'équivalent d'au moins deux années d'université. Je mesure un mètre quatre-vingt et pèse soixante-dix-sept kilos. En dépit d'importantes difficultés je me suis maintenu en bonne condition physique. Je n'ai aucune expérience professionnelle dans le domaine qui est le vôtre et ne sais quel genre de travail vous pourriez être amenés à me proposer. Mais je serais heureux d'accepter toute tâche qui me sera offerte (à l'intérieur des limites de l'état), et ceci quelle que soit la rétribution que vous jugerez bon de m'attribuer.

Cela fait quinze ans que je suis détenu dans cet établissement où je purge une peine pouvant aller de dix ans de détention à la réclusion à perpétuité pour vol à main armée commis dans une banque. Mon crime n'était pas de ceux que l'on peut prendre à la légère, et j'en suis toujours demeuré conscient. Mais, en toute humilité, je ne pense pas qu'il puisse, en aucune façon, être utile de me garder incarcéré ici davantage.

Cela fait cinq ans environ que j'aurais pu bénéficier d'une éventuelle libération conditionnelle. Malheureusement, mes parents étaient alors déjà décédés et l'unique membre de ma famille encore en vie, une sœur mariée, n'était pas et n'est toujours pas à ce jour susceptible de se porter garante de moi. J'étais, bien évidemment, trop jeune à l'époque de mon incarcération pour avoir établi des relations d'affaires. Ainsi que vous ne l'ignorez probablement pas, tout détenu susceptible d'être libéré sur parole doit pouvoir faire état d'une occupation rémunérée avant que sa demande puisse être prise en compte ; il doit établir sa capacité à subvenir à ses propres besoins. Je vous demande par la présente de bien vouloir m'aider à y parvenir.

Puis-je espérer recevoir une réponse favorable de votre part ? Ou plutôt, pourriez-vous plus simplement vous manifester en ma faveur auprès de la commission habilitée à délivrer les libérations conditionnelles, ainsi que le ferait une personne qui s'intéresserait à un détenu ? Vous pouvez obtenir auprès de cette commission tous les éléments me concernant dont vous pourriez souhaiter prendre connaissance et, par ailleurs, cela permettra d'éviter tout malentendu susceptible de découler, ici, du fait que ce soit moi qui vous aie contacté par lettre.

Très respectueusement,
Patrick M. Cosgrove
(matr. 11587)
Bibliothécaire, prison
de Sandstone.

Sandstone...

Luther pensait qu'il était parvenu à ne plus s'émouvoir du spectacle de la corruption. Et pourtant, Sandstone ne manquait jamais de le révolter. Ce n'était pas une prison. C'était un asile d'aliénés dont le directeur, et non les pensionnaires, était fou à lier. Il n'y avait qu'une seule façon de survivre là-bas : il fallait se montrer encore plus dur que le directeur et acquérir un esprit encore plus tordu que le sien. Celui qui y parvenait (qui réussissait à amuser cet homme aux yeux anormalement brillants et au rire imprévisible), celui-là non seulement survivait mais le faisait dans un confort relatif.

Mais il fallait toujours demeurer sur ses gardes. Les prisonniers pouvaient se lasser de cette règle du jeu, le directeur, lui, s'y tenait inexorablement. Et celui qui se lassait ou qui se laissait aller...

Prison de Sandstone
Bureau du Directeur

Docteur Roland Luther
Carrefour de Capital Street
& Lee Street
Capital City

Sujet : Pat Cosgrove
dit « Le Rouquin Volant » *

(*) Jeu de mot : « Airplane Red » se prononçant pratiquement de la même façon que « an airplane raid » (un raid aérien). Ce surnom sera explicité au chapitre dix.

Cher Doc :

Drôlement content d'avoir reçu de tes nouvelles et désolé de ne pas pouvoir être avec toi dans notre si jolie ville. J'ai toujours dit que t'étais un hôte parfait, que tu savais t'occuper de tes invités, et c'est sûr qu'on s'est pas embêtés la dernière fois qu'on s'est retrouvés chez toi avec tous les autres. Bon, ça m'a fichu dans une belle rage quand j'ai reçu ta lettre et j'ai été sur le point d'aller trouver c't'enfant d'salaud illico pour lui parler du pays. Mais puisque c'est autre chose que tu veux alors j'te laisse et j'm'en mêle pas. Et puis quand j'ai commencé à réfléchir un peu j'ai pas pu m'empêcher de rigoler. Tu connais Grand Chef, celui qui me sert de secrétaire. Eh ben je sais que Grand Chef s'est arrangé pour lui faire partir sa lettre en même temps qu'une centaine d'autres mais si tu veux qu'y te l'dise, tu peux toujours courir. On pourrait les pendre tous les deux pareil qu'y diraient toujours rien. Pour moi c'qui compte le plus c'est la loyauté et de pas s'mêler des affaires des autres et je sais qu't'es comme moi. Alors t'arranges ça à ton idée, tu m'le fais seulement savoir et j'te soutiendrai au maximum. Passe-moi juste un coup de bigophone pour me dire quand t'arrives. Je m'arrête là puisque c'est moi qu'écris à la place de c't'enfant d'salaud de Grand Chef et tu vas voir qu'on va leur faire la surprise de leur vie.

Ton serv. fid. et dév.
Yancey Fish.

P.S. : Doc, tu sais que c'est contraire au règlement d'introduire du whisky dans la prison et que si j'en découvre une ou deux caisses dans tes poches je serai obligé de te les confisqué (sic). Ha ha. Y.F.

En tout cas, si Fish ne les avait pas pendus, il les avait menacés de tout ce qu'on pourrait imaginer d'autre. Et, bien que chacun d'eux eût affronté l'orage à sa manière, le résultat avait été identique.

Grand Chef, un Indien pure race condamné à trois peines de prison à perpétuité, s'était contenté de lui opposer un silence insolent et quelques réponses évasives. Cosgrove, un garçon aux yeux bleus et aux cheveux roux, avait parlé longtemps dans un langage poli, extrêmement châtié et non dépourvu d'une pointe d'humour... mais absolument sans rien dire. Il refusait de dénoncer Grand Chef, lequel l'avait obligatoirement aidé. Aucune menace ni aucune promesse n'aurait pu l'y inciter.

Lui-même, Luther, avait été un peu ennuyé de cette intelligence manifeste de Cosgrove. Néanmoins, il correspondait par ailleurs au profil voulu, et son intelligence ne se verrait rien proposer dont elle pût se nourrir.

Bureau du gouverneur

Destinataire : Yancey L. Fish.
Directeur de la prison de
Sandstone.

Salutations :

Attendu que vous avez actuellement sous votre garde un certain Patrick M. Cosgrove et

Attendu que le dit Patrick M. Cosgrove a purgé une peine de quinze années d'une sentence indéterminée et a satisfait à certaines autres conditions l'autorisant à pouvoir bénéficier d'une libération conditionnelle, et

Attendu qu'un certain Roland T. Luther, Docteur en Philosophie et citoyen de bon renom accepte de se porter garant que le dit Patrick M. Cosgrove pourra justifier de moyens réguliers d'existence pendant une durée de deux années à compter de la date du présent acte, et

Que Roland T. Luther prend en outre l'engagement de prêter assistance au susdit Patrick M. Cosgrove en toute occasion et de toute manière susceptible d'assurer sa bonne réinsertion sociale,

Il a été décidé que le dit Patrick M. Cosgrove se trouve par le présent acte libéré conditionnellement et pris en charge par Roland T. Luther pour une durée de deux années, à moins qu'il ne devienne nécessaire de révoquer sa libération, entraînant la réincarcération du dit Patrick M. Cogrove en son présent lieu de détention.

Il a été décidé par ailleurs qu'à l'expiration du délai fixé par la susdite libération conditionnelle suspendue à la bonne conduite du dit Patrick M. Cosgrove, ce dernier se verra rétabli dans la totalité de ses droits de citoyen ainsi que dans tous les droits et privilèges afférents.

PAR NOUS GOUVERNEUR ET
PRESIDENT (TEMPORAIRE) DE LA
COMMISSION DES LIBERATIONS
CONDITIONNELLES SUSDIT ET
SOUSSIGNE
Louis Clements Clay.

Voilà, tout était là, du début à la fin. Et maintenant qu'il avait étudié ce dossier pièce par pièce, il ne parvenait pas à chasser l'idée que tout cela était absurde et dangereux à la fois. Si Hardesty n'avait pas affirmé que ça allait réussir... mais il l'avait affirmé. Il était certain qu'étant donné les circonstances qu'ils étaient en train de fabriquer de toutes pièces, les compagnies d'assurance seraient obligées de payer, et de payer sans délai. C'était, juridiquement parlant, le meilleur conseil que Hardesty pouvait donner, et jamais encore il n'avait commis d'erreur en matière juridique.

Voilà (Luther poussa un soupir et entreprit de se dévêtir), les dés étaient jetés. Il regrettait que Cosgrove fût quelqu'un d'aussi sympathique mais cela, regrettable ou non, était nécessaire. Il fallait bien une raison pour le tirer de Sandstone.

Il entendit la porte de Lila s'ouvrir au moment où il retirait l'une de ses chaussures et s'immobilisa. Elle s'arrêta dans le couloir, son manteau de fourrure sur le bras.

– T'arrivais pas à dormir, hein ? lui dit-il. Bah, je suppose que t'as quelque chose de prévu. A cette heure-là il est trop tard pour lever quelqu'un.

Elle lui adressa un petit sourire contrit.

– Après tout, Doc, je suis un être humain.

– Très intéressant, dit-il en laissant sa chaussure tomber par terre. Voilà une affirmation très intéressante quoique fort contestable.

– Tu... ça ne te dérange pas que je sorte ?

– Je me moque totalement de ce que tu fais.

– Il me faut de l'argent, Doc.

– J'irai t'en chercher demain matin.

– Je pourrais prendre un chèque...

– Y a une seule chose que tu peux faire, c'est de faire exactement ce qu'on te dit. Exactement. C'est bien compris ?

– C'est bien compris, répondit-elle lentement. Très bien.

2 - Cosgrove

C'est le deuxième jour que je suis ici et il est cinq heures du matin ; je me suis réveillé à une heure et, depuis, je ne suis pas parvenu à me rendormir.

Parce que je suis excité et heureux ? Je le suppose. Je suppose que, sous ce masque impassible qui me tient lieu de visage, je continue à hurler de joie et à m'émerveiller. Mais le temps impose ses limites même à l'homme heureux qui finit par s'endormir.

Je regrette de ne pas m'être abstenu de boire hier en venant ici. Je suis certain, enfin presque, de n'avoir rien fait ni rien dit de déplacé. Et néanmoins je ne peux bien évidemment l'affirmer de manière absolue.

D'un hochement de tête, j'ai abondé dans son sens lorsqu'il m'a expliqué qu'il ne buvait jamais en conduisant ; puis j'ai exprimé ma gratitude qu'il comprenne le besoin que je ressentais d'« oublier ». J'ai bu sans y être autrement encouragé, et lorsque la bouteille de cinquante centilitres eut baissé d'un tiers environ, les questions commencèrent.

Pourquoi avais-je choisi de lui écrire à lui ? C'était fort simple. Les seuls périodiques que nous recevions dans l'enceinte de la prison étaient des publications à « circulation contrôlée » éditées dans le but de soutirer de l'argent aux particuliers ou aux entreprises qui étaient en affaires avec les politiciens au pouvoir ou espéraient le devenir bientôt. J'avais recopié son adresse sur une publicité élogieuse parue dans l'un de ces périodiques. J'avais obtenu les adresses de tous ceux auxquels je m'étais adressé de la même manière.

Est-ce que je comprenais pour quelle raison il m'avait imposé ces simagrées du directeur de la prison ? Loin de moi l'intention de m'interroger sur sa façon d'agir, lui avais-je répondu (non sans sincérité), mais je croyais le comprendre. Il exigeait de ceux qui travaillaient avec lui une loyauté sans faille. Il n'aurait eu que faire de quelqu'un qui eût sacrifié la loyauté à l'opportunisme.

Avais-je des parents ou des amis ? Non. J'avais une sœur mariée qui m'envoyait un petit mot à Noël. Sur sa propre demande, je m'abstenais de lui répondre. Le hasard de la naissance était l'unique lieu qui nous unissait.

Qu'avais-je lu ? Tout ce qui était disponible à la bibliothèque de la prison, dont les acquisitions semblaient s'être arrêtées aux alentours de 1920. Tout Shakespeare, Dickens, Swift, Twain, Addison et Steele, Rabelais, Schopenhauer, Marx, Scott, Jules Verne, Wilde, Cervantes, Machiavel, la série Rover Boys, Lewis Carroll, la Bible, le...

Tout en parlant, j'orientai le déflecteur de ma portière jusqu'à ce que l'image du docteur Luther se reflète dans l'encadrement nickelé. Il paraissait assez satisfait de mes réponses quoique, à cause des trois dents supérieures qui, chez lui, avancent légèrement, un simple relâchement des muscles faciaux suffise à donner l'impression qu'il sourit.

Je lui donnerais environ la cinquantaine, je pense, mais là encore, il m'est difficile de me montrer très affirmatif. Il a le cheveu blond et clairsemé. Il est beaucoup trop gros pour sa taille qui est quelque peu inférieure à la mienne. Ses yeux sont protubérants derrière ses lunettes aux verres épais. Ajoutez à cela une voix douce qui passe brutalement du registre de la correction grammaticale et de la précision lexicale à celui de l'argot et de la vulgarité, et vous obtiendrez un homme dont l'âge, tout comme la personnalité, n'est pas chose à estimer à la hâte.

Tandis que les kilomètres défilaient, je continuai à parler et à l'observer, conscient que je commençais à éprouver une certaine difficulté à articuler. Conscient, puis inconscient...

Lorsque je me réveillai plusieurs heures plus tard nous n'étions plus qu'à une quinzaine de kilomètres de la ville et la voiture quittait la route pour s'arrêter devant une auberge bâtie sur la rive d'un grand lac.

Cet établissement avait apparemment, à une certaine époque, connu sa période de gloire, mais cela remontait très loin dans le passé. Depuis, il avait périclité. Nous étions les uniques clients. En regardant par la fenêtre j'en compris la raison. Ce que j'avais pris pour un lac était en fait une rivière : une large étendue de résidus graisseux, de boue et d'eau coulant paresseusement : les déchets des champs pétrolifères de la ville.

En dépit de la fermeture hermétique des fenêtres, et de l'air conditionné, persistait une faible mais persistante odeur de sulfure.

– Un petit cadeau des compagnies pétrolières, me dit le docteur Luther avec un rire amer. Ces forages leur ont rapporté un milliard de dollars et chaque jour ce chiffre s'arrondit un peu plus. Mais ils n'ont pas les moyens de s'occuper de leurs déchets !

Je ne répondis rien et il se remit à rire, de la même façon, les yeux rivés sur la nourriture qu'il n'avait pratiquement pas touchée.

– Je peux parler, reprit-il d'un ton âpre. Pat, je vais jouer franc jeu. Cartes sur table. Je vais vous dire quelque chose qu'il ne vous aurait de toute façon pas fallu vingt-quatre heures pour découvrir...

– Oui, monsieur.

– Appelez-moi Doc. C'est comme ça que tout le monde m'appelle.

– Entendu, Doc.

– Je suis diplômé en psychologie mais cela fait des années que je n'ai pas pratiqué. Je ne peux pas vous fournir de travail dans ma clinique parce qu'elle n'existe pas. Ce n'est qu'une façade destinée à dissimuler mes magouilles politiciennes. Corruption et compagnie pour être tout à fait clair.

Je le regardai droit dans les yeux sans ciller.

– Vous m'avez fait sortir de Sandstone, Doc, lui répondis-je. C'est tout ce que je veux savoir.

– Euh... je ne suis pas en train de m'en excuser, bien sûr. Bon Dieu, ce n'est pas pour rien qu'on parle de cet état comme étant l'épicentre de la balkanisation de nos institutions. Quand le choix se réduit à manger ou être mangé, que voulez-vous que fasse tout homme censé ?

– Manger, dis-je.

Il gloussa et fit semblant de m'expédier un direct au menton.

– Nous allons bien nous entendre, Pat. Voyons, ce à quoi je pensais, pour vous, c'était de vous faire employer par l'administration de l'état, quelque chose qui n'exige aucune formation. Est-ce que cela vous conviendrait ?

– Tout ce que vous ferez me conviendra parfaitement. Mais...

– Oui ?

– Comment puis-je vous être utile à quelque chose si vous ne m'employez pas directement ?

– Et pourquoi faudrait-il que vous me soyez utile à quelque chose ? répondit-il dans un grondement de colère. Cela vous paraît-il inconcevable que je puisse avoir l'intention de vous aider de manière désintéressée ? De vous donner une chance alors que tous les autres vous la refusent ?

– Je n'avais nullement l'intention de vous offenser, dis-je. Je souhaitais seulement pouvoir à mon tour faire quelque chose afin de vous remercier de ce que vous avez fait pour moi.

– Eh bien, laissez tomber, reprit-il. Nous ferions peut-être mieux de partir d'ici. Il est plus tard que je ne pensais.

Il conduisait lentement, jetant des coups d'œil aux méandres boueux de la rivière qui, excepté son odeur, disparaissait progressivement dans l'obscurité.

3

Nous traversâmes le quartier des affaires, une partie de la zone résidentielle, et atteignîmes le capitole * et les bâtiments annexes. Ainsi que vous le savez, l'ensemble occupe une surface de deux kilomètres carrés et demi à la limite de la ville. L'ultime étendue plane dans cette direction.

Doc prit une route orientée au sud, laquelle s'enfonçait dans un canyon et, après deux kilomètres environ, il bifurqua pour se diriger vers une maison bâtie à flanc de colline.

C'était une demeure d'un étage de forme carrée, érigée à l'ancienne, avec un perron qui courait tout le long de la façade. A l'exception de ses treillages envahis par le lierre à un point tel qu'il parvenait presque à dissimuler les fenêtres, elle semblait totalement déplacée dans ce décor.

Doc suivit l'allée et se gara dans le seul emplacement libre du garage qui pouvait contenir quatre voitures. Un cabriolet, une voiture de sport et une autre conduite intérieure (tous trois des modèles récents) occupaient les autres emplacements. Nous remontâmes l'allée en sens inverse et obliquâmes pour atteindre la porte d'entrée principale.

Elle était grande ouverte et les lumières étaient allumées. Il y avait un couloir, avec des pièces de chaque côté, qui s'enfonçait jusqu'à l'arrière de la

---

(*) Edifice administratif au niveau national (Washington) ou local (et situé alors dans la capitale de chaque état).

maison. En jetant un coup d'œil vers le haut de l'escalier je vis que le premier étage était disposé de manière identique.

Doc me fit signe de le suivre et s'engagea dans l'escalier.

Arrivés à l'étage, nous nous arrêtâmes devant la première porte sur notre droite. Il leva la main.

De la musique parvenait jusqu'à nous, et j'entendis une voix masculine, rauque mais posée, ainsi qu'un léger rire de femme.

Doc frappa doucement à la porte. La voix et le rire se turent. Puis nous parvint un bruissement suivi du léger bruit que fait une porte qui se referme.

– Qui est-ce ?

– Doc.

– Oh.

Il y avait une nuance d'agacement dans la voix rauque.

Une clef tourna dans la serrure et la porte s'ouvrit.

Il avait une cinquantaine d'années, il était petit, légèrement bedonnant, pas très différent de Doc, physiquement. En dépit de ses cheveux ébouriffés, de son visage coloré sous l'effet de l'alcool et du pyjama dont il était vêtu, il avait un air suffisant. Il ignora Doc et me regarda en fronçant les sourcils.

– Qui êtes-vous, bon Dieu ? me demanda-t-il.

– C'est le jeune homme qui sort de Sandstone, expliqua le docteur Luther. Pat, je vous présente le sénateur Burkman. L'aide du sénateur m'a été très précieuse pour obtenir votre libération.

Burkman écarquilla exagérément les yeux et appuya un doigt boudiné sur ma poitrine.

– Mon œil, prononça-t-il d'une voix d'asthmatique, on ne me la fait pas à moi. C'est un gamin de la campagne qui s'est échappé de son cours de catéchisme, un point c'est tout.

Doc lui adressa un sourire presque imperceptible. Peut-être même ne lui sourit-il pas. Ces dents qui avançaient étaient trompeuses.

– Bon ! s'exclama le sénateur en me serrant la main. Pat... Pat Cosgrove, n'est-ce pas ? Heureux d'avoir pu vous rendre service. Et désolé de n'avoir pu faire votre connaissance en des circonstances plus favorables.

Il rit et me tapa sur l'épaule.

– J'espère que je ne vous ai pas dérangé, intervint Doc. J'avais peur que vous ne partiez avant que je n'aie eu la possibilité de vous voir. Pat a besoin d'un travail.

– Je croyais que vous alliez lui en fournir un. Moi, j'ai fait ma part.

– Je suis désolé que vous considériez les choses de cette façon, dit Doc. Je me demande si je ne pourrais pas trouver un argument susceptible de vous faire changer d'avis.

Il fixait Burkman d'un air pensif, ses trois dents du haut reposant sur sa lèvre inférieure, et le visage de Burkman s'empourpra.

– J'aimerais bien le faire, Doc. L'ennui c'est que j'ai besoin de tous les emplois dont je dispose pour ma propre circonscription électorale. Le prochain scrutin va être drôlement serré, mon vieux ! Pourquoi vous ne vous adressez pas à Flanders, à Dorsey ou à Milligan ?

– Eux aussi vont avoir des scrutins serrés.

– Eh bien... (Burkman hésitait, le front plissé).

Oh, et puis merde ! D'accord. Amenez-le demain au Service des Routes et de la Voirie.

– Est-ce que je dois mentionner votre nom à Fleming ?

– Oui... non. Je vais lui en parler moi-même.

Il referma vivement la porte comme s'il redoutait qu'on lui demandât autre chose. Doc et moi redescendîmes les marches.

Il récupéra son chapeau qu'il avait déposé sur le banc du couloir, inséra une clef dans la serrure de la porte la plus proche de l'entrée et me fit signe de franchir le seuil.

– Chérie, appela-t-il. Oh, Lila !

Ensuite, me laissant là, il passa dans la pièce voisine puis parcourut le reste de l'appartement.

Je regardai autour de moi. En ce qui me concernait, il y avait un peu trop d'objets dans cette pièce pour qu'elle pût me paraître décorée avec goût. Il y avait des étagères remplies de livres, un piano, un ensemble comprenant radio, phonographe et télévision. Il y avait également une large banquette devant la fenêtre de façade, un canapé plus large encore à l'extrémité opposée de la pièce, une chaise longue et trois fauteuils capitonnés. Au centre, approximativement, était placée une table basse au plateau en miroir, avec un pot de fleur encastré.

Doc revint, claquant la porte de communication derrière lui.

– Mme Luther est absente, dit-il d'un ton sec. Non, je suppose, que je me sois vraiment attendu à la trouver ici. Bon...

Un coup frappé à la porte de l'appartement l'interrompit. Il ouvrit en grand.

– Et toi, demanda-t-il d'un ton cassant au serviteur noir portant une veste blanche qui se tenait devant lui, où étais-tu donc passé ?

– Je m'occupais des invités de l'appartement nord, monsieur. L'un de ces messieurs ne se sentait pas très bien.

Le Noir, un jeune homme élancé aux traits réguliers, arborait un sourire conciliant.

– Mme Luther a laissé un message pour moi ?

– Non, monsieur.

– Hum ! fit Doc. Je suppose que tu as préparé la pièce de derrière qui est exposée au sud, celle dont je t'ai parlé ? A moins que tu n'aies oublié ?

– Je crois qu'elle est prête, monsieur. C'est-à-dire...

– Allons-y. Vous venez aussi, Pat.

Nous suivîmes le couloir, Doc ouvrant la marche à grandes enjambées, le Noir et moi derrière lui. Parvenus à la dernière porte sur la droite, le Noir passa devant d'un pas vif, sortit de sa poche une clef pourvue d'une petite plaque de cuivre et fit jouer la serrure. Il donna de la lumière et Doc entra en le frôlant.

C'était une chambre telle que l'on peut en trouver dans tout bon hôtel. Les rares choses qui lui conféraient quelque originalité étaient un petit bar pouvant contenir deux bouteilles, et qui les contenait effectivement ; une boîte à cigarettes avec humidificateur posée sur un support pivotant et offrant trois marques de tabac différentes ; et un porte-revues garni de magazines variés.

Doc alluma la lumière dans la salle de bains et se retourna vers le serviteur noir.

– Alors, comme ça, tout est prêt ? dit-il. Pyjama,

brosse à dents, peigne, nécessaire de rasage, c'est pour aujourd'hui ou pour demain ? Et les chaussettes, les sous-vêtements et les chemises... tout ce que je t'avais dit d'acheter ?

– Je les ai, monsieur. J'ai tout. Mais je n'ai pas eu le temps de...

– Eh bien magne-toi ! Et enlève-moi ce téléphone d'ici ! Je...

Doc m'adressa un bref regard comme pour s'excuser.

– Je me suis dit que vous n'en auriez pas besoin, Pat.

– Vous avez raison, assurai-je.

Il s'affala dans un fauteuil et laissa sa tête reposer sur le dossier, ôta ses lunettes et entreprit de les essuyer d'un air pensif. J'éprouvais à son égard un mélange de pitié et de gêne. Il est toujours un peu attristant de voir un homme s'en faire pour une femme qui, de toute évidence, se moque éperdument de ce qu'il peut bien ressentir.

Le serviteur noir débrancha le téléphone qu'il emporta. Il revint une ou deux minutes plus tard et entreprit de ranger différents articles dans les tiroirs de la commode et dans la salle de bains. Lorsqu'il eut terminé, Doc lui demanda de nous préparer quelque chose à boire.

– Je suis drôlement fatigué, ce soir, Willie, dit-il en prenant le verre que je jeune homme lui tendait. Je suis désolé si je me suis montré un peu brusque.

– Ça n'a aucune importance, docteur.

– Si Mme Luther venait à rentrer d'ici une heure, pouvez-vous lui dire que je suis ici ?

– Oui, monsieur.

Le domestique sortit, refermant sans bruit la

porte derrière lui. Le verre à la main, Doc désigna la pièce.

– Alors, Pat. Croyez-vous que vous parviendrez à survivre ici ?

– Ça, je n'en sais rien, répondis-je. Vous savez comment c'est à Sandstone. Qualité avant tout et le client a toujours raison.

Il me sourit et je lui dis qu'il n'était pas nécessaire qu'il se donne tant de mal pour moi. Je m'accomoderais parfaitement de n'importe quel endroit où dormir et ne lui en serais pas moins reconnaissant.

– Vous tracassez pas, Pat. J'ai rien de plus simple que ça. Et de toutes façons, je ne me sens nullement enclin à agir différemment envers le seul et unique de mes invités qui ait quelque mérite. Qu'avez-vous pensé du sénateur ?

– Je ne me permettrais pas de porter un jugement personnel, répondis-je. Pendant les deux années à venir, je me contenterai de penser comme vous.

– Ma parole, on dirait que vous avez vraiment l'intention de le faire.

– Oui.

Il regarda le whisky qu'il faisait tourner dans son verre.

– Je souhaite sincèrement, Pat, que tout se déroule pour le mieux. Bien franchement, vous êtes infiniment différent de l'image que je m'étais faite de vous. Je n'aurais pas cru que je pouvais éprouver autant d'intérêt pour un... euh...

– Un voleur ? Je n'ai pas fait ce métier-là longtemps, Doc.

– Bien sûr, et j'en suis heureux, reprit-il. Mais ce que je voulais vraiment vous dire c'est que ce sera pour moi beaucoup plus difficile que je ne le pensais s'il devait vous arriver quelque chose.

– S'il devait m'arriver quelque chose ?

– Pour votre libération conditionnelle, précisa-t-il avec une hâte que je ne compris pas. Je suppose que vous n'ignorez pas que tout ne s'est pas déroulé de façon strictement régulière.

J'avalai ma salive avec difficulté.

– Vous pensez qu'il y a un risque...

– Allons, du calme. Je voulais seulement vous prévenir que nous allons être sur des charbons ardents quand nous irons voir Myrtle Briscoe demain matin. Vous savez de qui il s'agit. C'est elle qui est Juge de l'Application des Peines ; elle se trouve aussi à la tête de la Commission des Libérations Conditionnelles.

– Oui, je le sais, dis-je. J'espère...

– Myrtle aurait préféré vous laisser pourrir dans un cul de basse-fosse plutôt que de vous relâcher sous ma responsabilité ou sous celle de l'une de mes relations. Et elle ne s'en serait pas privée. Mais elle doit forcément s'absenter de temps en temps de la capitale de l'état et c'est le gouverneur qui, légalement, se voit conférer ses pouvoirs. Légalement, il devient le responsable de tous les services administratifs et judiciaires en l'absence du titulaire en poste.

– Mais il n'a pas véritablement autorité pour juger en son nom et place ?

– Non, sauf dans un cas d'urgence dont je vois mal comment il pourrait se produire. Ce serait une atteinte grave aux principes de la démocratie. Myrtle a été élue (élue et réélue Dieu seul sait combien de fois, entre parenthèses), parce que les gens aiment bien ce qu'elle représente. Le gouverneur, qui n'est en fonction que pour s'en mettre un maximum dans les poches, incarne autre chose.

– Mais... commençai-je avant d'avaler à nouveau ma salive, mais qu'est-ce qu'elle peut faire, Doc ?

– Je ne veux pas vous affoler, Pat. Vous m'aviez l'air d'un gars si réfléchi que je me suis dit que je pouvais discuter de tout ça avec vous.

– Bien sûr, dis-je. Je suis capable de dissimuler ma peur de Sandstone.

– Eh bien, elle ne peut rien faire. Elle ne fera rien. Oh, bien sûr, elle pourrait aller trouver les journalistes et faire un foin de tous les diables, mais la leçon qu'elle nous infligerait alors ne vaudrait pas la peine qu'elle se serait donnée. Vous êtes tranquille pour l'instant. Sa tactique consistera à tirer parti de la situation.

– Comment peut-elle s'y prendre ?

– Elle a l'embarras du choix. (Il bâilla et s'extirpa lentement de son fauteuil). Ça, c'est mon problème à moi. Elle nous donnera un petit aperçu de tout ça demain matin lorsque nous irons lui rendre notre petite visite de courtoisie.

– Et on ne peut pas... nous sommes obligés d'aller la voïr ? demandai-je.

– Oh que oui. Tout retard serait extrêmement dangereux. Sans compter que, je suppose, vous serez obligé d'aller la voir chaque mois pendant toute la durée de votre libération conditionnelle. Je n'ai pas l'impression qu'elle va se décharger d'un cas comme le vôtre sur un sous-fifre quelconque.

– Bon, dis-je, un homme averti en vaut deux.

Il émit un petit rire et se dirigea vers la porte.

– Parfait. Je suis content de voir que je ne m'étais pas trompé sur votre compte. Ça aurait pu être très ennuyeux que vous soyez un inquiet pathologique.

– Je comprends, dis-je. Je ferai de mon mieux pour ne pas vous causer de tracas.

– D'accord, mais n'allez pas ressasser tout ça dans votre coin. Vous allez avoir besoin de beaucoup d'aide avant d'être définitivement en règle, et cela me fait plaisir de pouvoir vous la procurer. Tout ce que je veux c'est que vous ne nous embêtiez ni l'un ni l'autre en vous tracassant pour rien.

Nous nous souhaitâmes bonne nuit.

Je commençai à me dévêtir tout en me demandant à quoi il obéissait en agissant de la sorte, et pourquoi il agissait précisément comme cela. Ce qui revenait à se demander qui il était vraiment : cet homme menaçant au regard glacial qui avait forcé la main à Burkman, ou celui que le spectacle de la rivière polluée avait mis en colère et qui avait ressenti de la honte à faire partie d'un ensemble de facteurs responsables de cette pollution.

Quel que fût le cas, une chose demeurait certaine : il représentait pour moi un progrès considérable par rapport à Fisch, le directeur de la prison. Quoi qu'il pût m'arriver, rien ne pouvait être pire que de retourner à Sandstone. Il valait encore mieux être mort.

Ce fut sur cette pensée que je m'endormis.

4

Le petit réveil posé sur ma table de chevet sonna à sept heures et, après que je me fus douché et rasé, un autre serviteur noir en veste blanche entra dans ma chambre en poussant un chariot sur lequel était posé mon petit déjeuner.

Il me dit s'appeler Henry et me précisa de manière polie qu'il était le frère de Willie. Sa présence dans la pièce n'excéda pas cinq minutes et, dans ce laps de temps, il ôta également les couvercles d'argent de sur les plats, remplit ma tasse à café et posa un journal du matin contre la cafetière.

Je me glissai dans mes vêtements et m'installai pour manger.

Le cuisinier de Doc, apparemment, était tout aussi remarquable que ses autres employés. Il y avait des petits biscuits chauds, un pamplemousse soigneusement préparé et servi sur de la glace pilée ; de la bouillie d'avoine préparée de telle sorte que les flocons ne collaient pas entre eux ; et une omelette au lard dorée et mœlleuse qui aurait presque pu flotter tant elle était légère.

Doc me fit prendre le volant de sa voiture pour nous rendre en ville. Je me montrai peu empressé à l'essayer mais il insista et, une fois que je me fus habitué au levier de vitesse au volant, je n'éprouvai plus aucune difficulté.

Je n'étais pas retourné à Capital City depuis ma dernière année d'enseignement secondaire. A l'époque, ça avait été une vaste cité en pleine expansion avec un grand nombre d'espaces verts, de larges rues bien propres et des maisons de taille modeste mais d'apparence confortable. Maintenant, les rues étaient encombrées et sales ; deux et même parfois trois bicoques se dressaient sur un terrain où il n'y avait autrefois qu'une seule habitation, élégante et rustique ; et les espaces verts étaient devenus des îles plantées de derricks et ceintes de fils de fer barbelés. Il y avait certes de belles demeures : plusieurs, entourées de leurs vastes pelouses soigneusement entretenues, occupaient chacune un bloc entier. Mais elles renforçaient plutôt qu'elles n'atténuaient ce tableau général de délabrement et de misère.

Je rangeai la voiture sur un parking que m'indiqua Doc, et nous restâmes là quelques minutes tandis qu'il parcourait le journal. Il le replia enfin n'importe comment, le lança sur le siège arrière et sortit son portefeuille.

– Tenez, Pat, voilà quarante dollars. Ça vous fera un peu de mitraille en attendant la première paye.

– Je ...

– Je sais. Vous m'êtes reconnaissant. Et vous espérez pouvoir me prouver combien vous appréciez. Et si l'occasion de le faire se manifestait, en remerciement de cette faveur ou d'une autre, passée ou à venir, je vous le ferai savoir. Autre chose à dire ?

– Je voulais seulement vous remercier, dis-je, mais je crois que je ferais mieux de m'abstenir.

– De toute façon, vous venez de le faire. Bon, maintenant, occupons-nous de vos vêtements.

Nous traversâmes la rue et suivîmes le trottoir jusqu'au carrefour où il me guida vers l'entrée d'un magasin.

Un homme grand, aux cheveux grisonnants, qui portait une veste noire et un pantalon à rayures, vint au-devant de nous.

– Ah, docteur, dit-il. Nous espérons avoir le plaisir de pouvoir faire quelque chose pour vous ?

Doc lui serra la main d'un air indifférent.

– Je pense que je vais vous laisser vous occuper de mon ami, dit-il. Williams, je vous présente M. Cosgrove.

– Tout le plaisir sera pour moi, assura Williams avec un large sourire tout en me tendant une main molle.

Il fit mine de n'avoir pas remarqué mes vêtements.

– M. Cosgrove relève d'une longue maladie, poursuivit Doc. Il a besoin d'être habillé de pied en cap mais nous avons un rendez-vous dans un peu moins d'une heure. Pouvez-vous lui trouver quelque chose de passe-partout pour l'immédiat, et prendre ses mesures pour lui faire un ou deux costumes et lui préparer tout ce dont il aura besoin comme accessoires ? Vous me ferez livrer tout cela chez moi.

– Certainement, dit Williams. Nous ne retiendrons pas longtemps M. Cosgrove. Maintenant, si vous voulez bien vous donner la peine d'entrer...

Doc hésita un instant, les yeux fixés sur une veste de sport en tweed. Il se tourna à demi et, au moment où il allait entrer dans le magasin, il jeta un coup d'œil de l'autre côté de la rue et se raidit.

– Je ne vais pas pouvoir entrer avec vous, Pat, dit-il hâtivement. Quand vous en aurez fini, retrouvez-moi à la voiture. Williams, je vous confie M. Cosgrove.

– Vous pouvez compter sur moi, docteur.

– Vous mettrez cela sur mon compte.

– Certainement, docteur. M. Cosgrove, après vous.

Doc pivota sur lui-même et traversa la rue à grandes enjambées furieuses. Je laissai Williams me conduire à l'intérieur du magasin.

La demi-heure qui suivit fut semblable à une scène de comédie. On me mettait aux pieds des chaussures qu'on me retirait aussitôt tandis que l'on posait sur mes épaules des vestes qui disparaissaient l'instant d'après. J'enfilais des pantalons tandis qu'on me mettait des chapeaux sur la tête. Une nuée de vendeurs en redingotes s'agitaient autour de moi pour me passer vestes et pantalons, chapeaux et chaussures. Et Williams disait : « Très bien », « Parfait », ou encore « Certainement pas ».

Puis tous disparurent à l'exception de Williams et d'un employé qui glissa un mouchoir dans ma pochette tandis que Williams me faisait pivoter face à un miroir à trois glaces.

– Je ne sais pas comment vous avez fait, dis-je enfin.

Et il n'était pas facile de dire lequel, d'eux ou de moi, était le plus heureux.

Williams m'escorta jusqu'à la sortie et nous échangeâmes une nouvelle poignée de main. Je traversai la rue en direction du parking.

Il s'était considérablement rempli depuis tout à l'heure, et il y avait des voitures garées de part et d'autre de celle de Doc. Je ne m'aperçus pas qu'il y avait quelqu'un avec lui avant d'être parvenu presque juste derrière sa voiture. A ce moment-là la portière claqua et j'entendis l'autre homme jurer.

– Tu te conduis comme un imbécile ! lança-t-il. Tu vas tout gâcher avec ta fichue jalousie.

– Dans ce cas, t'as qu'à pas me donner de raison de l'être, jaloux, répliqua Doc d'un ton agressif. C'est ma femme. Tu ferais mieux de pas l'oublier.

– Je t'ai dit que c'était pour affaires et pas pour autre chose !

– Affaires ou pas...

– Va te faire foutre ! Fais-moi une entourloupe et t'iras pas loin !

L'inconnu jaillit tête baissée d'entre les deux voitures, aveuglé par la colère. Je le percutai et lui écrasai le pied avec mon talon. Lorsqu'il se plia en deux je lui décochai un petit coup de coude au niveau de la trachée artère.

Après ça, je fus obligé de l'empoigner à bras-le-corps pour l'empêcher de s'écrouler par terre.

5

Il était plutôt beau garçon, la quarantaine, brun ; il avait le regard vif, l'air sûr de lui. Je compris en quoi il pouvait plaire à Mme Luther. Moi-même, malgré moi, je le trouvai d'instinct sympathique. Je l'avais sérieusement malmené mais, après m'avoir décoché un coup d'œil meurtrier, il essaya de grimacer un sourire.

Doc descendit de voiture, l'aida à se redresser et me regarda comme s'il n'était pas particulièrement satisfait de mes manières d'agir.

– Ça va, Bill ? lui demanda-t-il. Je peux faire quelque chose ?

L'autre secoua la tête.

– J'ai... seulement besoin d'une seconde. Ça va passer.

– Vous n'auriez pas dû faire ça, Pat, dit Doc. Ce n'était absolument pas nécessaire.

– Je suis désolé, dis-je. C'était un accident.

– Oui, eh bien, ça aurait pu avoir des conséquences graves. D'après ce que j'ai vu...

– Oh, arrête de l'engueuler ! intervint l'inconnu d'une voix normale en se redressant. Pat a cru que tu avais des ennuis et il a essayé de t'aider. Maintenant, arrête un peu de lui crier dessus et présente-moi.

– Bien sûr, fit Doc. M. Hardesty, Pat Cosgrove. M. Hardesty est avocat, Pat. Son rôle a été déterminant pour vous faire sortir de Sandstone.

Encore un, me dis-je. Combien d'autres, à quel niveau, pourquoi...

– Et je suis heureux que l'occasion m'en ait été offerte ! dit Hardesty en me donnant une poignée de main énergique. On peut dire qu'ils vous ont pas fait de cadeau, mon gars. Ça me fait plaisir de voir que vous vous en êtes tiré aussi bien.

– Heureux de faire votre connaissance, dis-je.

– Tout le plaisir est pour moi. J'aime bien les gens de votre trempe, Pat. J'aime bien les gens qui ne lâchent pas leurs amis.

Ses grands yeux sombres me parcoururent de la tête aux pieds avec admiration puis il s'adressa à Doc :

– Il est superbe, hein ?

– Pat et moi devons partir maintenant, dit Doc. Nous devons voir le Juge d'Application des Peines pour la libération conditionnelle de Pat.

– Myrtle l'Emmerdeuse, hein ? ricana Hardesty. On ne peut pas dire que je vous envie. Si elle vous embête trop...

– Je crois savoir comment m'y prendre, affirma Doc.

– Si toi tu n'y arrives pas, c'est que c'est impossible, acquiesça Hardesty.

Il sourit, m'adressa un signe de tête, puis s'éloigna en sifflotant. Je me glissai dans la voiture à côté de Doc, démarrai et pris la direction du capitole.

Il garda le silence pendant deux ou trois cents mètres, apparemment absorbé par son journal. Enfin, il refit un geste qui allait me devenir familier : il replia le quotidien et l'expédia par-dessus son épaule.

– Qu'avez-vous entendu de ma conversation avec Hardesty ? me demanda-t-il alors.

– Pas grand chose.

– Je vous ai demandé ce que vous avez entendu.

– Eh bien, je vous ai entendu lui dire de ne pas tourner autour de Mme Luther, alors il a juré et il a dit que vous étiez jaloux.

Doc se tourna sur son siège et je sentis peser sur moi toute l'intensité de son regard furieux à travers les verres épais de ses lunettes. Et quelque chose cependant, quelque chose que, de manière peu plausible, j'identifiai comme étant de la peur, empêcha sa colère d'exploser.

– Je ne me suis peut-être pas bien fait comprendre, Pat, dit-il lentement. Vous avez une excellente mémoire ; j'ai pu m'en rendre compte à plusieurs reprises. Bon ! Répétez-moi mot pour mot ce que vous avez entendu.

Je m'exécutai. Je lui répétai tout mot pour mot.

– Et qu'est-ce que vous en concluez, Pat ? Y a-t-il des questions que vous vouliez me poser ?

– Je n'en conclus strictement rien, répondis-je. Et je n'ai aucune question à vous poser.

Doc s'adossa à son siège. Il eut un petit rire silencieux.

– Hardesty est un type correct, dit-il, mais il a un peu trop tendance à sortir de ses gonds. On peut dire que vous lui avez rafraîchi les idées.

– Et je m'en excuse. J'ai pensé que vous n'en aviez pas fini avec lui alors j'ai essayé de l'empêcher de partir.

– Et j'ai apprécié votre geste. (Il posa un instant la main sur mon genou). Toutefois, ce n'était pas nécessaire, ainsi que vous ne l'ignorez plus. Hardesty et moi sommes, en fait, de fort bons amis. Il y a quelques temps, Mme Luther a fait un petit héritage foncier et c'est lui qui s'en occupe en son nom. Il appartient à ce genre d'hommes qui sont incapables d'avoir, avec qui que ce soit, homme ou femme, des relations purement professionnelles ; et j'aurais dû savoir que son attitude vis-à-vis de Mme Luther était sans arrière-pensées. Mais j'ai peur de ne pas pouvoir réagir de manière très raisonnable lorsqu'il s'agit d'elle.

– Je comprends.

– Allez, oublions tout ça. Félicitations pour vos vêtements, Pat. Il a fallu que j'y regarde à deux fois avant de vous reconnaître.

– Tout le crédit devrait en revenir à Williams, dis-je.

– Ne vous en faites pas pour ça, répondit-il en me souriant dans le rétroviseur. Tout crédit pour encaisser la note aussi... ceci au cas où vous vous en inquièteriez.

– Je vous suis reconnaissant de me le préciser.

– N'y pensez plus. Voilà, nous sommes arrivés.

Je garai la voiture sur l'une des allées, dans l'enceinte même du capitole, et nous traversâmes une pelouse avant d'atteindre les degrés de marbre menant à l'entrée principale.

Nous nous frayâmes un chemin dans les couloirs encombrés de monde ; Doc adressait parfois la parole à quelqu'un, ou quelqu'un lui parlait. Puis nous empruntâmes un ascenseur qui, avec force secousses, nous emmena jusqu'au troisième et dernier étage, « l'aire des vautours », ainsi que Doc le qualifia à mon oreille tandis que nous sortions de la cabine.

Nous quittâmes le couloir central pour suivre une succession d'étroits passages qui sillonnaient l'étage en tous sens. Au moment où je commençais à me dire que Doc s'était égaré, nous arrivâmes devant une porte qui portait l'inscription suivante :

BUREAU DE L'APPLICATION DES PEINES
Myrtle Briscoe
Juge.

Doc jeta sa cigarette et ôta son chapeau. Le mien était déjà dans ma main. Il vérifia son nœud de cravate, redressa les épaules et ouvrit la porte.

6

Une femme au visage en lame de couteau, aux cheveux gras et aux lunettes cerclées d'écaille s'acharnait sur une machine à écrire.

Elle leva les yeux quand nous pénétrâmes dans la pièce, esquissa un sourire... et changea ostensiblement d'avis. Les narines de son nez luisant frémirent.

– Tiens ! fit-elle.

– Comment allez-vous ! répondit Doc. Voudriez-vous signaler à Mlle Briscoe que le docteur Luther et M. Cosgrove sont arrivés, s'il vous plaît ?

– Et comment que je vais lui dire ! aboya-t-elle.

Elle se leva, se dirigea vers une porte sur laquelle figurait l'inscription « Privé » et frappa. Elle poussa la porte et glissa la tête à l'intérieur.

– Mlle Briscoe, le *docteur* Luther et *Monsieur* Cosgrove sont arrivés...

Un rugissement l'interrompit.

– Alors comme ça il est là, hein ? Bon, fermez bien le coffre-fort et faites-le entrer. Faites-les entrer tous les deux.

La secrétaire se retourna, rougit et nous adressa un sourire mesquin.

– Entrez donc... *Messieurs.*

Nous entrâmes et elle referma la porte derrière nous.

Je suis persuadé que tous les pensionnaires des prisons du pays, passés ou présents, ont entendu parler de Myrtle Briscoe. Cela faisait trente ans qu'elle était élue et réélue à son poste dans une région où les politiciens ne faisaient pas long feu, et elle était demeurée honnête.

Elle mesurait à peu près un mètre cinquante, chignon de cheveux roux décolorés compris, et était vêtue d'un chemisier blanc à col montant, de bottines à lacets et d'une jupe qui ressemblait à un dessous de selle.

Elle se leva lorsque nous entrâmes mais ne fit pas un geste pour nous serrer la main.

– Asseyez-vous là, aboya-t-elle. Non, non ! Les deux chaises côte à côte. Comme ça je pourrai vous avoir à l'œil !

– Ecoutez, Mlle Briscoe, pensez-vous vraiment...

– Fermez-la ! rugit-elle. Fermez votre grande gueule et continuez jusqu'à ce que je vous dise de l'ouvrir ! Cosgrove, où avez-vous trouvé ces vêtements ? Vous ressemblez à un prêteur sur gages.

– Mlle Briscoe, intervint Doc. Je ne tolèrerai pas...

– Vous allez la fermer, oui ? Cosgrove ?

– Le docteur Luther les a achetés pour moi.

– Et pourquoi ça ?

– Il fait trop froid pour sortir sans rien sur le dos, dis-je. Et les fonds de l'état destinés à cet usage étaient épuisés.

– Tiens ? (Elle s'adossa à son siège, les yeux étincelants). Et vous n'avez pas la moindre idée de la raison de cet état de fait ?

– Non, Mademoiselle, répondis-je. Mais je viens de passer quinze ans en prison.

Elle eut un petit rire acerbe.

– C'est bon, jeune homme. Celle-là, je l'ai cherchée. Bon, je vais vous le dire le secret qui se cache derrière ces fonds d'état inexistants. Je vais vous le dire pourquoi, à Sandstone, vous n'avez pas d'argent pour acheter des livres ; pourquoi la nourriture est dégueulasse. Pourquoi notre état, l'un des plus riches du pays, en est réduit à la misère comparé aux états voisins...

– Je vous prie de m'excuser, Mlle Briscoe, dis-je. Je n'avais pas du tout l'intention...

– C'est parce que nous sommes dévorés par des rats. Des rats, vous comprenez ? C'est le seul nom qui leur convienne. Et je me fiche pas mal de leurs beaux habits, de leurs belles paroles et de la générosité (générosité, mes fesses), dont ils font preuve à l'égard de ceux qui jouent leur jeu. A part des rats, je ne vois pas qui pourrait refiler des livres de classe aussi lamentables à nos enfants, contraindre une génération entière à grandir dans l'ignorance de tout ? Ni qui pourrait détourner de l'argent au risque de laisser des routes dangereuses totalement défoncées ? Qui bâtirait des brûlots potentiels à l'intention des vieillards sans défense ? Qui confierait à un maniaque la garde de deux mille prisonniers pour qu'il puisse les faire crever de faim, les torturer, mais oui, et les tuer ? Hein ? Qu'est-ce que vous en pensez, Cosgrove ? S'il y a quelqu'un qui devrait être d'accord avec moi, c'est bien vous.

– J'ai lu le rapport de la Brookings Institution, dis-je.

– Ah oui ? Très bien, très bien. Mais qu'est-ce que vous faisiez quand j'ai envoyé mes inspecteurs à Sandstone, hein ? Vous leur avez parlé, vous leur avez raconté exactement quelle était la situation là-bas ?

– Non, mademoiselle.

– Bien sûr que non. Vous vous attendiez peut-être à ce qu'une femme isolée avec un budget dérisoire de...

– Mais j'en connais qui leur ont parlé, eux, dis-je.

– Oh, dit-elle, coupée dans son élan.

Pendant une bonne minute, elle garda le silence. Puis elle poussa un soupir, fronça les sourcils et se tourna vers Doc.

– Docteur, pourquoi la demande de libération conditionnelle concernant Cosgrove n'a-t-elle pas été faite dans les règles ?

– Je, eh bien...

Doc hésita, lèvre inférieure coincée entre ses dents du haut.

– Le sénateur Burkman a pensé que..., commença-t-il.

– Le sénateur Burkman est incapable de penser et vous pouvez lui rapporter mes paroles ! Vous saviez bien que jamais je ne vous aurais confié un prisonnier libéré sur parole, pas vrai ? Oh, ne vous donnez pas la peine de me répondre. Où Cosgrove va-t-il être employé ? Dans votre bordel, là ?

– M^lle^Briscoe, s'insurgea Doc soudain devenu agressif, je n'apprécie pas du tout votre façon de parler.

– Ouah ! Ouah ! répliqua Myrtle Briscoe avec un grand sourire. Alors ?

– J'ai l'intention de lui faire obtenir un emploi au sein de l'administration de l'état. Bien sûr, du point de vue légal, il demeure à mon service tant que...

– Oui, c'est bon, je connais le truc. Et vous, Cosgrove, vous êtes prêt à aller vous vautrer avec eux dans l'auge à cochons aux frais de l'état ?

Je lui répondis par un sourire et elle m'adressa une grimace.

– Question stupide, hein ? Doc vous a expliqué pourquoi il dépense tout cet argent pour vous ?

– Quel que soit le montant de la somme dépensée pour moi, dis-je, j'ai la ferme intention de tout rembourser.

– Comment ? Red *, avez-vous la moindre idée de ce qu'une entourloupe de ce genre peut coûter ? poursuivit-elle comme si Doc n'était pas dans la pièce. Hardesty a été impliqué là-dedans. Burkman aussi. Sans compter les élus qu'il a mêlés à ce maquignonnage afin qu'ils fassent pression auprès du gouverneur.

– Mlle Briscoe...

– Doc, si vous ne la fermez pas, je vous fais éjecter de mon bureau... Voilà un tableau à peu près complet de la situation, Red. Je ne prétends nullement que Doc ait mis en jeu beaucoup d'argent pour vous faire sortir. Non, ce que lui et ses acolytes ont mis en jeu, ce sont des engagements. Ils ont tacitement dégagé des gens qu'ils connaissent de certains services leur étant dûs et se sont engagés à en rendre d'autres en échange. Ils ont largement utilisé les moyens de pression dont ils auraient bien besoin maintenant. Alors, Red, à votre avis, pourquoi ont-ils fait ça ?

– Je sais pourquoi, dis-je. Mais je préfèrerais que ce soit Doc qui vous l'explique.

– Intelligent avec ça, dit-elle en plissant les yeux. Vous savez faire la cuisine, aussi ?

(*) Red : Rouquin.

– Mlle Briscoe, intervint Doc. Je veux que vous compreniez que je n'ai aidé Pat que pour une seule et unique raison : parce qu'il avait besoin d'aide, qu'il la méritait et que j'étais en mesure de la lui fournir.

– Je sais bien que c'est ce que vous voulez me faire croire.

– Pat a purgé quinze ans de prison à cause d'une attaque à main armée pour laquelle on n'a eu à déplorer ni pertes financières, ni la moindre égratignure. Il les a purgés non parce qu'il était un criminel mais parce qu'il n'en était pas un. Jamais on n'aurait dû l'expédier dans autre chose qu'une maison de redressement pour mineurs.

– Là, vous avez raison, reconnut-elle de mauvaise grâce.

– Pat est resté détenu à Sandstone cinq années entières après avoir rempli les conditions nécessaires pour pouvoir bénéficier d'une libération conditionnelle. Dix ans constituaient déjà un châtiment terrible, mais il y est resté cinq ans de plus. Il aurait pu y rester toute sa vie pour la simple raison qu'il n'avait ni argent ni amis.

– Et vous, vous l'avez fait sortir par pure bonté d'âme.

– Disons plutôt que..., commença Doc lentement, que j'ai fait beaucoup d'erreurs. Peut-être cela servira-t-il à en effacer quelques-unes.

Les coudes sur la tables et le menton sur les mains, Myrtle Briscoe le regardait droit dans les yeux.

– Bon Dieu, Doc, j'aimerais pouvoir le croire !

– C'est la vérité.

– Peut-être bien que oui et peut-être bien que non. Ça fait tellement longtemps que je vis entourée d'escrocs que... (Elle s'arrêta net). Pat... Red, Sandstone n'est pas un endroit très agréable, hein ?

– Il faut que je réponde oui, ou non ?

– Aucune importance. Mais il n'existe pas qu'une seule sorte de prison, Red. Toutes ne sont pas entourées de murs.

– Je le sais, dis-je. Je travaillais à la bibliothèque, Mlle Briscoe.

– Eh bien, j'espère que vous y avez appris quelque chose. Vous n'avez pas eu de chance jusqu'ici. J'espère que ce qui vous attend n'est pas pire encore. Non que ça fasse une telle différence. Je suis comme tout le monde : je dois me plier aux règles du jeu. Doc le savait bien, n'est-ce pas, Doc ?

– J'espérais certainement pouvoir compter sur votre coopération, Mlle Briscoe.

– Je vais jouer le jeu... pour cette fois. Mais faites bien attention où vous mettez les pieds, Doc. Il y a une élection qui arrive et en ce qui me concerne j'en ai par-dessus la tête d'essayer de faire tout le nettoyage avec un malheureux plumeau.

Myrtle Briscoe contourna son bureau, m'empoigna par les deux bras et me regarda bien en face.

– Je ne le pensais pas, ce que je vous ai dit sur vos vêtements, dit-elle. Ils vous vont très bien... et il va falloir que vous vous comportiez très bien aussi. Aussi dur que cela puisse paraître et bien que nous sachions l'un comme l'autre combien c'est ridicule. Vous comprenez ce que je veux dire. Nous ne voulons ni cuites, ni femmes de mauvaise vie, ni bagarres. C'est ce que dit la loi. Et c'est ce que je dis aussi du moment qu'elle le dit.

– Oui, mademoiselle, acquiesçai-je.

– Peut-être, commença-t-elle. Peut-être... oh, et puis, fichez-moi le camp d'ici.

7

Il y avait un restaurant au sous-sol du capitole et c'est là que Doc et moi prîmes notre déjeuner. Ni l'un ni l'autre nous n'avions particulièrement faim et nous ne mangeâmes chacun qu'une salade et un petit pain accompagnés d'une bouteille de bière.

Plusieurs personnes s'arrêtèrent à notre table. Un certain sénateur Flanders avec un personnage qui, pour autant que je pouvais le savoir, me parut être un représentant en manuels scolaires. Puis un directeur de je ne sais quoi dont je ne parvins pas à saisir le nom. Un autre sénateur appelé Kronup. Plusieurs personnes encore. Plus tard, je les revis tous à la maison de Doc, à un moment ou à un autre.

Burkman arriva comme nous finissions juste notre bière, et il s'assit à notre table. Il avait des poches sous les yeux et sa voix était encore plus enrouée qu'elle ne l'était la veille.

Doc lui raconta l'entrevue avec Myrtle Briscoe.

– Myrtle a laissé tomber une allusion comme quoi elle pourrait bien ne pas se représenter aux prochaines élections. Ça ressemblait plutôt à une menace, d'ailleurs.

– Vous voulez rire ! Il se trouve que je suis bien placé pour savoir qu'elle est déjà en train de préparer sa campagne. De toutes façons, elle n'a pas besoin de se présenter. Il y aurait suffisamment de bulletins de vote surchargés de son nom pour qu'elle se retrouve élue. (Burkman jura à haute voix). Ça serait bien de cette vieille salope de nous faire un coup pareil. Nous allons être obligés de la cajoler un petit peu, Doc. De la transférer dans des bureaux plus agréables. Et de lui octroyer un inspecteur de plus.

– Ça pourrait ne pas être une mauvaise idée.

– Vous feriez mieux de venir m'accompagner cet après-midi, Doc. Je veux que vous disiez au gouverneur...

Burkman marqua une pause, nous regardant alternativement, Doc et moi, avant de poursuivre.

– Je voulais vous dire, Pat, que je vous ai obtenu le travail en question. Faites un saut au Service des Routes et de la Voirie demain matin, et demandez à voir M. Fleming.

– Merci beaucoup, dis-je. Vers quelle heure, sénateur ?

– Oh, comme vous voudrez. Dans la matinée.

– Ça paie combien ? demanda Doc.

– Deux cents cinquante. Je n'ai pas pu obtenir davantage pour l'instant.

– Ça aurait pu être pire, dit Doc en haussant les épaules. Qu'en pensez-vous, Pat ? Vous croyez que vous pouvez accepter un travail rémunéré deux cent cinquante dollars par mois ?

– Je vous en suis très reconnaissant, dis-je.

J'espère seulement que je pourrai donner satisfaction.

Burkman ouvrit des yeux tout ronds. Puis il se renversa en arrière et partit d'un hurlement de rire. Doc ricana.

– Le boulot ne sera pas trop dur, dit-il d'un ton sarcastique en prenant notre addition. Je vais être pris pendant les deux heures à venir. Y a-t-il quelque chose de spécial que vous voudriez faire ?

– Eh bien, non, rien de particulier, répondis-je. Je pourrais jeter un coup d'œil à l'intérieur du bâtiment.

– Excellente idée : comme ça les gens pourront vous admirer. Revenez prendre quelque chose ici si vous avez faim ou soif.

– Je pense que je vais me contenter de me promener dans les couloirs, dis-je. Où dois-je vous retrouver ?

– Oh, fit-il en jetant un coup d'œil à sa montre, disons à l'entrée principale.

Je l'assurai que j'y serais, serrai la main du sénateur et les quittai.

Il me fallut pratiquement une heure pour trouver le musée consacré à l'histoire de l'état. La plupart des emplacements et des vitrines étaient vides. On y avait apposé de petits panneaux jaunis par l'âge :

PRETE TEMPORAIREMENT

J'abandonnai le musée pour me rendre à la bibliothèque de l'état : fermée pour cause de travaux. Alors, comme je commençais à ne plus avoir beaucoup de temps devant moi, je repérai les bureaux du Service des Routes et de la Voirie puis regagnai l'entrée du bâtiment afin d'y attendre Doc.

J'étais appuyé contre la balustrade en pierre,

m'apprêtant à allumer une cigarette, lorsqu'elle sortit.

Cela me gêne d'essayer de la décrire car il est bien rare que les caractéristiques physiques de quelqu'un donnent une image fidèle de ce que cette personne est réellement.

Ce n'était plus une toute jeune femme (les formes de son corps, épanouies mais fermes, étaient celles d'une femme adulte), et elle ne faisait aucun effort pour paraître en être une encore, à un ou deux détails superficiels près. Elle était tout simplement elle-même, une femme toujours jeune et gaie, et je ne pourrais pas me la représenter agissant ou s'habillant de manière différente.

Elle portait une robe d'un bleu uni avec un col blanc et une fine ceinture blanche nouée dans le dos. Elle avait aux pieds des chaussures à talons plats et je crois que ses jambes musclées et bien galbées étaient nues. Elle avait passé son bras dans l'élastique d'un chapeau de paille noire qui avait la forme d'une soucoupe. Ses cheveux bruns et ondulés étaient tirés vers l'arrière en une unique couette très fournie qui, retenue par un petit ruban blanc, atteignait à peine ses épaules.

Elle s'arrêta un instant au sommet des marches, heureuse de pouvoir respirer à pleins poumons. Ses yeux marrons, son petit nez droit et son visage espiègle tout entier exprimaient la bonne humeur. Elle me sourit, sans me voir vraiment, bien sûr : d'une manière impersonnelle, simplement parce que c'était une belle journée et qu'il faisait bon vivre.

Puis elle s'engagea sur les marches d'un pas insouciant, le chapeau se balançant à son bras, la petite ceinture lui fouettant gentiment les fesses.

Je ressentis l'envie de m'élancer derrière elle, de lui demander son nom, de la retenir d'une manière ou d'une autre et de ne plus jamais la laisser partir. Puis je me souvins qui j'étais, repensai à Doc, à Myrtle Briscoe, à Sandstone, et je ne pus que rester là à la regarder. A me sentir vide et abattu. Perdu.

Parvenue presque au bout de l'allée, elle en enjamba le bord et entreprit de longer la file de voitures stationnées sur la rampe d'accès de l'immeuble.

Elle s'arrêta au niveau de la grosse conduite intérieure noire de Doc, jeta un coup d'œil désinvolte par-dessus son épaule et ouvrit la portière.

Je restai un moment immobile, ne pouvant ou ne voulant croire ce que mes yeux voyaient. Puis je dévalai les marches quatre à quatre. Je traversai la rampe d'accès et me mis à courir, courbé en deux derrière les voitures garées du côté opposé. J'arrivai à la hauteur de la voiture de Doc, bondis silencieusement au-dessus d'un pare-choc et atterris juste derrière elle.

Elle était à genoux sur le siège de la voiture, me tournant le dos (enfin, pas vraiment le dos). Elle ouvrit la fermeture éclair de la housse recouvrant le siège, glissa la main entre le siège et la housse et farfouilla un moment à l'intérieur. Elle en ressortit une longue et épaisse enveloppe de couleur marron.

Posant un pied sur le marche-pied de la voiture, elle entreprit de sortir à reculons. Mais j'obstruais le passage. Elle insista légèrement d'un côté puis de l'autre, sans se rendre compte qu'il y avait quelqu'un derrière elle. Elle poussa et je la repoussai.

Alors, elle se retourna.

– Oh, dit-elle, surprise.

Elle demeura bouche bée, puis le petit sourire espiègle réapparut et elle inclina la tête de côté.

– Enfin, quoi, dit-elle sur un ton mi-amusé, mi-sérieux. Vous ne pensez pas que vous devriez demander la permission avant ?

Je reculai d'un pas, conscient du rouge qui me montait aux joues.

– Je suis avec le docteur Luther, lui dis-je en désignant la voiture d'un signe de tête. Je vous ai vu prendre quelque chose... cette enveloppe.

– Nooooon ! (Sa bouche s'arrondissait pour exprimer une terreur exagérée). Et comment vous appelle-t-on, beau jeune homme aux cheveux roux ?

– Je m'appelle Cosgrove, dis-je. Patrick Cosgrove. Et je vais reprendre cette enveloppe.

– On parie ? répliqua-t-elle aussitôt avec un regard de défi.

– Ecoutez, mademoiselle...

– Flournoy, Madeline Flournoy.

– Vous dites ça comme si votre nom devrait me dire quelque chose. Mais ce n'est pas le cas. Je crains...

– Je travaille pour Doc. Il m'a envoyée chercher ces contrats. Alors, cette explication vous suffit-elle ou tenez-vous absolument à en venir aux mains ?

– Si vous travaillez pour Doc, répliquai-je, vous ne m'en voudrez pas de vous accompagner jusqu'à l'endroit où il se trouve.

– Cela ne m'ennuie nullement, Patate, répondit-elle du tac au tac. Mais j'ai pour principe absolu de ne jamais céder aux rouquins.

– Vous m'en voyez désolé, dis-je. Je n'ai d'autre choix que de vous accompagner ou de vous obliger à attendre ici l'arrivée de Doc.

Elle mit les papiers et son chapeau derrière son dos, baissa la tête et me fonça dessus. Elle me poussa et j'entendis ses dents grincer sous l'effort.

J'essayai d'attraper les papiers derrière son dos. Mais c'est le chapeau dont je m'emparai, cassant l'élastique qui le retenait autour de son bras : il tomba sur le marche-pied et roula sur le sol entre nous.

– Regardez ce que vous avez fait, dit-elle d'un ton de reproche.

– Je suis désolé.

Nous nous baissâmes tous les deux en même temps pour ramasser le chapeau. Nos têtes cognèrent douloureusement l'une contre l'autre. J'en fus tout étourdi et je sais que cela dut être pire encore pour elle. Pendant un instant, son visage devint tout blanc.

Je lui répétai que j'étais désolé et me baissai pour ramasser son chapeau.

Elle m'envoya son genou en plein menton avec une force telle que je faillis en perdre connaissance. Il s'était agi d'un geste instinctif, d'une réaction naturelle d'animal en proie à la douleur. Ma réaction fut tout aussi instinctive.

Je la saisis par les chevilles et la soulevai.

Elle partit à la renverse ; la portière, heureusement, était ouverte et elle atterrit sur le siège où elle rebondit, les quatre fers en l'air et la robe relevée sur le visage.

– Ah ça, s'écria le Dr Luther, mais qu'est-ce qui se passe ici, bon Dieu ?

8

Son chapeau était enfoncé sur ses cheveux blonds et il y avait un peu de salive entre ses dents de devant. Il m'écarta brusquement et, d'un geste, arracha presque mon adversaire du siège de la voiture.

– Bon sang, Madeline, qu'est-ce que tu fabriques ? demanda-t-il d'un ton cassant. Je t'ai envoyée chercher ces contrats il y a une demi-heure et je t'ai attendue tellement longtemps que les autres en ont eu marre et sont partis. Et quand j'arrive ici, je te trouve occupée à montrer ton derrière à... à...

– Pas mon derrière, dit-elle en faisant la moue. Mes dessous.

– Arrête tes conneries ! T'es plus une gamine ; et ton salaire n'est pas non plus celui d'une gamine. Si t'es pas capable de t'en rendre compte et de faire ton travail comme tu dois le faire, je trouverai quelqu'un pour te remplacer.

– On parie ? dit-elle. Et je parie que t'arriverais jamais à trouver quelqu'un qui sache la moitié de ce que moi je sais (et elle souligna ce dernier mot de manière presque imperceptible).

– Mais enfin, merde !

Pris de court, il la regardait fixement, obligé de ravaler ce qu'il avait été sur le point d'ajouter.

– C'est de ma faute, Doc, dis-je. Je l'ai vue prendre les papiers dans la voiture et j'ai mal interprété ce qu'elle faisait.

– Et je me suis montrée assez désagréable avec lui, ajouta Madeline, de cette manière qui me caractérise.

– Je vois ça d'ici, conclut Doc. Bien, je suppose que je suis autant responsable que vous de ce qui est arrivé. J'avais oublié que Pat m'attendait devant l'entrée. A propos, profitez-en pour faire connaissance.

Il nous présenta rapidement et ouvrit la portière.

– Fais-moi un autre exemplaire de ces contrats ce soir, Madeline. Et amène-les ici demain après-midi. Même endroit, même heure. Mais *à l'heure,* cette fois !

– J'avais prévu de sortir ce soir.

– Ben vas-y. Mais lève-toi tôt pour faire ton travail. Quand tu le fais, ça m'est égal, du moment qu'il est fait.

– Bon..., dit-elle en faisant la moue.

Elle se tenait à côté de la portière et, de la main gauche, elle grava une adresse dans la poussière de la carrosserie puis inscrivit « 16 h » en dessous.

– Bon, ben, avec M. Cosgrove, vous pouvez me raccompagner chez moi, hein ?

– Nous avons quelque chose d'important à faire, répliqua Doc froidement. Montez, Pat.

J'effaçai ce qu'elle avait écrit tout en lui adressant un petit signe de tête, et contournai la voiture. Lorsque je démarrai, elle mit ses mains derrière son dos et tira la langue à Doc.

– Celle-là, marmonna-t-il, si elle ne m'était pas aussi précieuse...

– C'est votre secrétaire ?

– Si vous voulez. En fait, elle est bien davantage ; elle fait des choses qui ne font généralement pas partie du travail d'une secrétaire. Elle sait... vous l'avez entendue, hein ? Elle sait.

– Je vois, dis-je.

– C'est le parfait exemple des ennuis auxquels on s'expose lorsqu'on prend quelqu'un en pitié, poursuivit-il d'un ton las. La première fois que je l'ai vue, je l'ai prise pour l'une des gamines les plus malheureuses qui soit jamais sortie d'une école supérieure de commerce, la pauvre gosse. D'abord, elle a été élevée par une tante qui l'a fichue à la porte quand elle a eu seize ans... maintenant je sais pourquoi ! Ensuite, elle a payé ses études en étant serveuse et a dû supporter les grossièretés de tous les sales types qui passaient par là. Tout ce qu'elle voulait c'était travailler sérieusement pour quelqu'un de bien comme moi qui pourrait la conseiller comme un père. Eh bien...

– Sa présence doit avoir des effets assez redoutables, non ? demandai-je en soulignant mes paroles d'un rire qui abondait dans son sens.

– Ça, pour me taper sur les nerfs, elle se pose un peu là. Mais elle est intelligente et efficace et les gens ne peuvent pas s'empêcher de la trouver chouette. Ils ne se méfient plus quand ils sont avec elle, et ensuite ils se rendent compte qu'elle est loin d'être aussi écervelée qu'elle en a l'air. Elle...

– Excusez-moi, Doc, l'interrompis-je. Où est-ce que vous voulez aller ?

– Ben, chez moi, non ? A moins que vous ne teniez à aller ailleurs ?

– Pas du tout, dis-je. J'avais simplement cru que vous aviez exprimé l'intention...

– C'était pour me débarrasser d'elle. J'ai besoin d'elle pour mon travail, mais rien ne m'oblige à la trimballer à droite et à gauche... et à lui donner la moindre prise sur moi en ce qui concerne ma vie privée. A propos, Pat...

– Oui, dis-je, devinant ce qui allait suivre.

– Je veux que vous gardiez vos distances avec elle vous aussi. je sais que vous m'êtes loyal et reconnaissant, que vous ne feriez rien qui puisse me nuire de manière délibérée. Simplement, ce serait une très mauvaise chose que deux personnes si proches de mes affaires entretiennent des relations privilégiées. Vous m'avez bien compris, Pat ? Je ne le tolèrerai pas.

Il me regarda. J'acquiesçai plusieurs fois de la tête, craignant que ma voix ne me trahisse.

– Je compte sur vous, conclut-il.

Je le déposai devant la porte d'entrée avant de poursuivre ma route en direction du garage.

A ce moment-là, un second véhicule (la voiture de sport que j'avais vue la veille au soir) surgit dans l'allée et fonça vers l'emplacement voisin de la conduite intérieure. Ses pneus glissèrent et le véhicule percuta bruyamment, mais apparemment sans grands dégats, le mur du fond du garage.

Une femme en descendit et vint vers moi d'un pas vif en me tendant la main, un sourire aux lèvres.

Elle était plus grande que la moyenne, mince, et pourtant, une subtile impression de plénitude émanait d'elle. Ses cheveux étaient d'un blond cendré et elle possédait ce teint lisse et sans défaut qui devrait toujours aller de pair, ce qui n'est hélas que rarement le cas. Elle portait un tailleur fauve et avait une étole de renard posée sur les épaules.

En un mot, c'était une très belle femme d'une trentaine d'années. Un peu théâtrale dans sa façon de se comporter, mais très belle. Et absolument rien d'autre.

– Vous êtes Pat Cosgrove, me dit-elle en tendant un peu la main pour s'emparer de la mienne. Le docteur m'a tant parlé de vous. Je suis Lila Luther.

– Enchanté, Mme Luther.

– J'avais l'intention de passer vous dire bonjour hier soir, mais le docteur m'a dit que vous étiez fatigué. Et, bien entendu, ce matin il vous a kidnappé avant que je n'aie eu le temps d'ouvrir les yeux.

– Oui..., dis-je.

– Venez avec moi, reprit-elle en glissant son bras sous le mien. Je veux que vous me montriez votre chambre. Le docteur m'a assurée que vous disposiez de tout le confort nécessaire, mais bien évidemment, s'il vous manquait quelque chose, il ne serait pas capable de s'en rendre compte. C'est un homme singulier, vous ne trouvez pas ? Mais il est gentil, très gentil.

– Je l'aime bien, dis-je en essayant de ne pas laisser transparaître de reproche dans mes mots. Et la chambre me convient tout à fait. Je...

– Oh, fit-elle en haussant les épaules, vous ne pouvez pas ne pas l'aimer bien. Non que je mette votre sincérité en doute. J'ai tout de suite vu que vous étiez sincère. Connaissez-vous M. Hardesty ? Je l'aime beaucoup, pas vous ? C'est un homme si calme, si sérieux. Si, euh, normal.

Elle parla sans interruption tandis que nous remontions l'allée et tournions l'angle de la maison, apparemment si conquise par le son de sa propre voix que mon silence gêné passa inaperçu.

A la porte de son appartement, celui qu'elle partageait avec Doc, elle frappa d'un geste sec et lança :

– Docteur ! Je vais chez M. Cosgrove quelques minutes.

Puis, sans attendre de réponse, elle m'entraîna dans le couloir, sa cuisse élancée frôlant doucement la mienne.

J'ouvris la porte de ma chambre et la poussai pour laisser entrer Mme Luther. Elle prit mon bras et nous entrâmes ensemble.

– Eh bien, dit-elle en parcourant la pièce d'un regard critique. Ils ne vous ont pas trop mal installé.

– C'est bien mieux que tout ce que j'ai jamais eu jusque-là, dis-je. Il ne me faut vraiment rien de plus, Mme Luther.

– Absolument rien ? Elle serra légèrement mon bras. Eh bien moi, si. Il me faut quelque chose à boire.

– Mme Luther, commençai-je. Est-ce que... est-ce que vous... ?

– Quoi donc ? demanda-t-elle en soulevant un sourcil bien dessiné à la courbe délicate. Oh, une goutte de ce bourbon me conviendra parfaitement. Avec un peu d'eau mais à peine, s'il vous plaît.

J'acquiesçai de la tête et me dirigeai vers le bar... j'entendis la porte se refermer doucement dès que j'eus tourné le dos.

Doc n'apprécierait pas du tout si j'ordonnais à Mme Luther de sortir de ma chambre. Quoi que lui-même pensât d'elle, il n'apprécierait certes pas que quiconque se permît de sous-entendre qu'elle pourrait ne pas être tout à fait ce qu'elle devrait. Il ne me restait qu'à espérer qu'il ne laisserait pas sa jalousie l'emporter sur son bon sens. Assurément, il devait bien se rendre compte que je n'avais pas l'intention de faire le joli cœur auprès de sa femme.

Je lui préparai son verre et le lui apportai. Puis je lui allumai sa cigarette. J'essayai de faire comme si je ne remarquais pas qu'elle était en train de faire tomber sur le sol ses escarpins en daim à hauts talons.

– Asseyez-vous donc, Pat, me dit-elle.

Puis elle s'exclama :

– Oh, mais où est donc votre verre ?

– Je ne bois pas beaucoup, Mme Luther. Et je n'en ai pas vraiment envie pour l'instant.

– Mais je ne bois jamais toute seule ! C'est que j'en fais un principe absolu !

– Mme Luther...

– Lila. Vous n'aimez pas ce prénom ?

– Il me plaît beaucoup mais...

– Alors, dites-le.

– Lila, dis-je sur un ton absolument neutre.

Ce qui se produisit ensuite fut tellement invraisemblable que je doute presque que ça se soit réellement produit.

Elle posa son verre par terre et se releva, laissant son étole de renard glisser de ses épaules.

Elle mit ses bras autour de mon cou, pivota sur elle-même, me faisant suivre le même mouvement, et se laissa tomber à la renverse. Elle atterrit sur le lit, m'entraînant avec elle.

Ses yeux étaient fermés, sa respiration halentante, et sa tête oscillait légèrement sur l'épais coussin de ses cheveux blond cendré... Ses lèvres s'ouvrirent et elles vinrent à la rencontre des miennes. Et je faillis bien me pencher vers elles. J'en avais envie. J'avais envie d'elle.

Je pense que c'est probablement le rouge de sa bouche qui me fit reprendre mes esprits. Rouge à lèvres, donc preuve, donc condamnation. Ou peut-être entendis-je les pas furtifs sur l'épaisse moquette du couloir... quoique cela ne paraisse guère possible.

Quoi qu'il en soit, je ne me penchai pas vers elle.

Je lui imposai le mouvement inverse de celui qu'elle m'avait fait suivre.

Je me relevai et reculai d'un geste vif, la remettant brusquement sur ses jambes avant qu'elle n'ait eu le temps de me lâcher. La saisissant par les coudes, je lui fis littéralement décrire un arc de cercle et la laissai retomber dans un fauteuil, repoussai ses cheveux de devant ses yeux, remis son étole sur ses épaules, glissai ses chaussures à ses pieds et replaçai le verre dans sa main.

Je bondis en direction de la porte.

Elle était fermée. Elle avait mis le verrou.

Je l'enlevai, tournant bruyamment et simultanément le bouton de la porte.

Au même instant je le sentis tourner entre mes doigts, actionné par quelqu'un qui se tenait de l'autre côté ; et le docteur Luther pénétra dans la pièce.

9

– Oh, dis-je. J'allais vous appeler, Doc. Mme Luther a pensé que vous auriez peut-être le temps de venir prendre un verre avec nous.

Il secoua rapidement la tête et la regarda. Il la regarda très attentivement.

– Tu l'as fini, ton verre ?

– On dirait que non, il me semble.

– Alors finis-le. Ou emporte-le avec toi.

Elle le regarda fixement, un drôle de sourire aux lèvres, balançant devant elle une jambe longue et parfaite.

– Lila, dit-il sur un léger ton d'excuse. Tu ne penses pas... ?

– Je vais te le dire, ce que je pense, l'interrompit-elle en se levant. Je pense qu'il vaut mieux que ce soit toi qui le prenne.

Et elle lui jeta le contenu de son verre en pleine figure.

J'eus envie de la gifler. J'espérai, quoi qu'il dût m'arriver, que Doc allait le faire. Mais au lieu de cela il demeura sur place comme interdit, le whisky dégoulinant sur ses lunettes, ruisselant jusqu'à sa bouche et son menton.

Mme Luther eut un petit rire. Elle se tourna vers moi et m'adressa un grand sourire impersonnel.

– Je suis désolée pour la moquette, Pat, dit-elle.

Puis elle sortit tranquillement de la pièce et referma la porte derrière elle.

– Doc, dis-je. Doc...

Il se tourna lentement vers moi pour me regarder, les verres de ses lunettes tout embués de whisky. Il les nettoya d'un main maladroite.

– Doc, répétai-je sans savoir quoi faire tandis qu'il avançait d'un pas dans ma direction.

Il avança d'un second pas et je m'écartai. Il passa à côté de moi et entra dans la salle de bains où je l'entendis faire couler l'eau. Je me dirigeai vers le bar et me versai une bonne rasade d'alcool pur. J'en étais à incliner la bouteille au-dessus de mon verre pour la seconde fois lorsque la porte de la salle de bains se rouvrit.

– Versez m'en un aussi, voulez-vous, Pat ? me demanda-t-il d'un ton naturel.

– Tout de suite, dis-je.

Et je m'exécutai en prenant bien soin de ne pas entrechoquer la bouteille et le verre.

Il s'était nettoyé et essuyé et offrait presque le même visage que d'habitude. L'effroyable tension intérieure à laquelle il était soumis ne transparaissait que dans la ligne pincée de sa bouche, dans la manière inconsciemment gênée dont il ramenait ses lèvres sur ses dents du haut.

Il s'assit dans l'un des fauteuils rembourrés. Je lui tendis son verre et m'assis en face de lui.

– Bon, dit-il en m'adressant un sourire presque timide, à la vôtre, Pat.

– A la vôtre, répondis-je.

Puis je reposai bruyamment mon verre, éclaboussant la table basse de whisky.

– Bon Dieu de merde, Doc, explosai-je. Laissez-moi vous dire ce que je pense. Vous n'aimez peut-être pas...

– Laissez tomber, Pat. Je ne pense pas que vous puissiez m'apprendre quoi que ce soit que je ne sache déjà.

– Vous ne pouvez pas le savoir sinon...

– Si, si, je peux parfaitement le savoir, et ça ne m'empêche pas de ne pas l'admettre. De me battre pour ne pas l'admettre. Je crois qu'il vaudrait mieux que je vous parle un peu de moi. Quand vous m'aurez entendu, vous comprendrez pour Lila.

– Vous n'avez pas besoin de m'expliquer quoi que ce soit, Doc. Je...

– J'aurais déjà dû le faire. Vous allez entendre les autres vous dire des tas de choses et autant que ce soit moi qui vous raconte toute l'histoire... Est-ce que vous vous souvenez de l'une des premières remarques de Myrtle Briscoe, ce matin... celle concernant le coffre-fort.

– Oui, dis-je, en effet.

– Cette petite pique m'était destinée, Pat. Vous et moi avons au moins une chose en commun.

– Vous voulez dire que... que vous aussi vous avez dévalisé une banque ?

– Un coffre-fort seulement, juste un coffre, dans l'établissement où j'étais auxiliaire. (Il eut un petit sourire pincé et secoua la tête). Un fiasco presque aussi lamentable que le vôtre bien que je ne sois pas allé en prison. Je me demande parfois si ça a été vraiment une chance, s'il n'aurait pas mieux valu pour moi...

– Non, le coupai-je. Cela ne vaut jamais mieux pour personne.

– Voilà quelque chose que je ne pourrai jamais vérifier, j'imagine. Si on en buvait un autre ?

J'allai chercher la bouteille. Il compléta encore un peu le verre que je venais de lui verser et, d'un seul coup, en avala la presque totalité. Il frissonna et fit claquer ses lèvres.

– Cela s'est passé il y a environ dix ans, Pat, commença-t-il tout à coup de manière inattendue. J'avais à peu près votre âge, peut-être quelques années de plus, et les perspectives d'avenir qui s'ouvraient devant moi étaient bien moins encourageantes. Les meilleures années de ma vie, je les avais passées à vivoter au jour le jour, à me crever au travail et à bouffer de la vache enragée afin de pouvoir payer mes études : et tout ce que j'y avais gagné c'était un poste d'auxiliaire dans une université du fin fond de la province. Je savais qu'il me faudrait attendre des années avant d'obtenir mieux ; avant de devenir professeur titulaire et, au bout du compte, si j'avais de la chance, chef de département. La dernière chose à faire, d'un point de vue pratique, c'était de me marier. Et c'est pourtant ce que j'ai fait.

Il but à nouveau en me regardant par-dessus son verre.

– Je vois que l'entière signification de cette décision semble vous échapper, Pat. Vous ne pouvez pas comprendre ce que cela signifie d'avoir des revenus qui sont définitivement bloqués à un certain niveau, et d'accepter des obligations qui les excèdent largement. Bien sûr, nous n'avions pas prévu les choses de cette façon. Lila était l'une de mes étudiantes et elle essayait de s'en tirer comme je l'avais fait moi-même. Nous avions l'intention de garder notre mariage secret jusqu'à ce qu'elle finisse ses études et que moi, ou nous deux, nous puissions gagner suffisamment d'argent pour nous installer. C'est ainsi que nous avions envisagé les choses.

« Ce qui s'est passé, en fait, c'est qu'elle est tombée enceinte. Elle a été obligée d'abandonner et ses études et son travail à mi-temps. Il lui fallait de l'argent et il allait lui en falloir davantage quand le bébé serait là, et après aussi. Cet argent, je me le suis procuré un jour... le jour où l'intendant a quitté son bureau en laissant le coffre ouvert.

– Doc, dis-je lorsqu'il eut observé plusieurs

secondes de silence. Etes-vous sûr que vous tenez à me raconter tout ça ?

– Oui... je crois que oui. (Il se frotta les yeux). Pour en revenir à cet argent, il ne leur a pas fallu longtemps pour s'apercevoir de sa disparition et pour prouver que c'était moi qui l'avais pris. J'ai avoué : j'ai prétendu l'avoir perdu au jeu. Ils m'ont demandé de démissionner et la police m'a donné vingt-quatre heures pour quitter la ville.

« Je n'ai pas osé aller trouver Lila ; j'ai même eu peur de lui faire parvenir un message. Il lui fallait cet argent, vous comprenez. Il le lui fallait absolument.

« Je suis venu ici, le plus loin possible de cet autre endroit. J'ai loué un bureau à crédit, dormant à même le sol et me préparant moi-même à manger lorsque j'avais assez d'argent pour m'acheter de la nourriture. Au bout d'un an, je m'étais constitué une assez jolie clientèle en tant que psychologue, et j'ai fait venir Lila. Entre-temps je ne lui avais écrit qu'une seule et une unique fois. Je n'avais pas signé ma lettre, n'avais pas indiqué mon adresse et j'avais eu peur d'écrire autre chose que « tout va bien » et « il ne faut pas t'inquiéter ».

« Eh bien, elle est venue me rejoindre, Pat. Seule. Je n'oublierai jamais son visage quand je lui ai demandé où était le bébé. Je... vous comprenez... elle pensait que je l'avais abandonnée. Pendant tous ces mois interminables, c'était ce qu'elle avait cru. Le bébé était mort-né.

– Je suis désolé, Doc, dis-je. Mais après tout, ce n'était pas de votre faute.

– Je crains que ni vous ni moi ne soyons très bons juges en la matière, Pat, répondit-il lentement.

Nous ne sommes pas armés pour juger... quoi que ce soit qui la concerne. Bon. Vous voulez entendre la fin de l'histoire ?

– Si cela ne vous ennuie pas de me la raconter.

– Il ne reste plus grand chose à dire. J'avais été obligé d'utiliser mon vrai nom pour prouver que j'avais capacité à monter un cabinet de psychologie, si bien que mon passé m'a rattrapé très rapidement. Les gens ont appris qui j'étais vraiment.

« Ils l'ont appris... mais juste un peu trop tard. Un psychologue apprend des choses susceptibles de devenir extrêmement gênantes et c'est fou le nombre d'informations de ce type que l'on peut réunir dans la capitale d'un état. Quand les différents groupes de pression ont commencé à me tomber sur le dos, j'étais déjà solidement implanté. J'ai été contraint d'accepter de fermer mon cabinet mais j'étais solidement implanté. Et cela n'a pas changé.

– Et vous souhaiteriez que ça change ?

– Naturellement, dit-il en haussant les épaules. Je n'étais pas plus fait pour ce genre d'activités que vous n'étiez fait pour Sandstone. Non seulement je suis constamment obligé d'aller à l'encontre de mes instincts et de ma formation, mais en plus je n'ai rien de commun avec tout ça. Je ne connais pas les règles du jeu. Au début j'ai eu les deux ou trois contrats qu'il fallait, et cette « clinique » me sert à en trouver d'autres. Mais il faut toujours que je m'en remette à des gens comme, par exemple, notre ami Hardesty, pour me guider. Etre dépendant de quelqu'un dans ce genre de jeu présente de sérieux inconvénients.

– Oui, dis-je, cela me semble logique.

Il s'étira paresseusement puis se leva, fronçant les sourcils d'un air absent en voyant la petite horloge posée sur le secrétaire.

– Bon, je vous laisse maintenant. Je n'avais pas l'intention de rester aussi longtemps mais je me suis dit que je n'allais pas vous laisser vous tourmenter sur un certain nombre de choses.

Et sur cette remarque apparemment banale, le docteur Ronald Luther, ex-professeur en psychologie devenu spécialiste en magouilles politiciennes, quitta la pièce.

Henry m'apporta mon dîner et nettoya les taches sur la moquette. Je mangeai, ouvris les paquets livrés par le magasin de confection, puis essayai de lire un peu. Je n'y parvins pas. Je me mis au lit. Mais le sommeil refusait de venir.

10

Le lendemain matin, au moment où je finissais de boire mon café, Doc vint me rendre visite et s'assit sur mon lit. Il me demanda si j'avais bien dormi et me dit que mon costume neuf m'allait très bien. Je lui fis les réponses qui convenaient. Nous n'échangeâmes plus guère de paroles avant d'avoir atteint le capitole.

Nous nous engagions sur les degrés menant à l'entrée principale lorsqu'il s'éclaircit la gorge d'une manière qui trahissait un léger embarras.

– Je sais que vous tenez autant que moi à éviter toute impression désagréable, me dit-il. Si Mme Luther venait à nouveau vous rendre visite dans votre chambre, il serait peut-être préférable que votre porte reste ouverte.

– Quoi ? m'exclamai-je.

Je m'arrêtai net et fis volte-face pour le regarder.

– Mais, Doc..., commençai-je.

Je n'achevai pas ma phrase bien que cela me fût un effort de ne rien ajouter. Ce fut l'expression obstinée et embarrassée de son visage qui m'arrêta. Il avait réussi à se convaincre à nouveau que Lila ne pouvait pas être en faute. C'était impossible : il fallait donc que quelqu'un d'autre le fût. C'était aussi simple que cela.

– Bon, Doc, dis-je. Je m'en souviendrai.

– Parfait, conclut-il, visiblement soulagé. Est-ce que vous pensez pouvoir retrouver votre chemin sans difficulté, ce soir ? J'ignore à quelle heure je vais partir et, bien sûr, vous ne connaissez pas encore vos horaires.

Je lui affirmai que je me débrouillerais très bien tout seul. Il s'éloigna à grandes enjambées.

En proie à une intense agitation intérieure, je repris la direction du Service des Routes et de la Voirie.

Il était situé au rez-de-chaussée du bâtiment où on lui avait alloué une aile entière dont un long comptoir, face aux portes d'entrée, occupait toute la largeur. Une série de guichets comparables à ceux que l'on peut voir dans les banques s'ouvraient sur le comptoir.

Il était neuf heures lorsque je me présentai mais il n'y avait personne. A neuf heures et quart enfin, un employé du Service des Immatriculations s'installa à son guichet et m'indiqua où se trouvait le bureau de Fleming.

Je suivis l'allée centrale jusqu'à une porte qui se trouvait tout au bout. Elle donnait sur une salle de réception meublée d'un immense bureau directorial, d'un canapé de cuir blanc capitonné et de fauteuils assortis. Je frappai à une porte arborant l'inscription « Privé » et en tournai le bouton. Je m'assis dans l'un des fauteuils et allumai une cigarette.

Le cendrier le plus proche était près du bureau. Je m'étais levé pour le rapprocher de mon siège lorsque la porte qui était située derrière moi s'ouvrit pour laisser entrer une femme essoufflée. Agée d'une cinquantaine d'années, c'était une personne aux traits anguleux et à l'aspect soigné.

– Qu'est-ce que vous fabriquez ici ? me demanda-t-elle.

Et, avant que je n'aie eu le temps de lui répondre, elle s'était précipitée derrière le bureau pour en vérifier les tiroirs.

– Il ne manque rien ? demandai-je.

– Qu'est-ce que vous voulez ?

– Je devais voir M. Fleming pour un travail. Je suis Patrick Cosgrove.

Elle m'adressa un petit sourire pincé.

– Je suis la secrétaire de M. Fleming. Je ne me souviens pas l'avoir entendu prononcer votre nom.

– Le sénateur Burkman lui a parlé de ce travail.

– Oh, fit-elle tandis que son visage s'éclairait. *Burkman !* Eh bien, voilà qui explique tout. Ça lui est probablement sorti de l'idée.

– Quand M. Fleming doit-il arriver ? demandai-je.

– Je ne suis pas certaine qu'il puisse vous recevoir quand il arrivera. Oh, écoutez, repassez dans une heure environ, si vous voulez. Je vais voir ce que je peux faire.

Je la remerciai et m'en allai assez mécontent de la tournure que prenaient les choses. Je me dis que je ferais mieux de discuter de tout cela avec Doc avant de revenir au bureau de Fleming, et je descendis au restaurant en espérant l'y trouver.

Il n'y était pas, pas plus que Burkman. J'étais sur le point de m'en aller lorsque Hardesty me héla. Il était seul à une table.

– Comment allez-vous, Pat ?

Il se leva, un large sourire aux lèvres, et nous échangeâmes une poignée de main.

– Asseyez-vous donc, poursuivit-il. Vous êtes matinal, vous ! Vous êtes seul ?

– Je n'avais pas l'impression qu'il était si tôt que ça, répondis-je. Mais j'ai dû me tromper. J'étais en train de chercher Doc.

– Il est occupé pour l'instant. Y a-t-il quelque chose que je puisse faire ?

– Il s'agit du travail que je devais avoir. Je pensais que j'allais travailler au Service des Routes et de la Voirie, mais je n'en suis plus si sûr que ça.

– Allons, voyons, dit-il avec un sourire rassurant. Qu'est-ce que c'est que cette histoire ? Racontez-moi un peu tout ça.

– M. Fleming n'était pas dans son bureau et sa secrétaire m'a pratiquement mis dehors. Elle m'a dit que je pouvais revenir plus tard, mais j'ai bien eu l'impression que ça n'allait pas m'avancer à grand chose.

– Voyons... c'est Burkman qui est intervenu en

votre faveur, n'est-ce pas ? Hum, c'est un peu embêtant.

– Vous pensez que je ne vais pas l'avoir, ce travail ?

– Oh, si. Vous allez l'avoir. Je considérais simplement les choses de manière, disons, objective. (Il fit un signe de tête). Fleming est là-bas, à quelques tables de nous. Nous l'interpellerons quand il se lèvera pour partir.

– Merci beaucoup, dis-je. Je commençais à m'inquiéter sérieusement.

– Heureux de pouvoir vous rendre service. Absolument aucun problème.

Il remua son café, l'air pensif, avec aux lèvres son sourire chaleureux et sûr de lui.

– Dites voir, Pat, c'est un joli petit accrochage que nous avons eu hier, hein ?

– J'en suis profondément désolé, dis-je. Je veillerai à ce que rien de ce genre ne se reproduise.

– Oh, je ne vous en tiens pas pour responsable. Mais je n'ai pas pu m'empêcher d'en vouloir un peu à Doc. Après tout, j'en ai fait pratiquement autant que lui pour obtenir votre libération. Il aurait dû vous parler de moi avant.

– Vous devez avoir raison, dis-je prudemment.

– Une seule maladresse sérieuse, par exemple du genre de celle qui s'est produite hier, et ni Doc ni personne d'autre ne pourra rien faire pour éviter qu'on vous renvoie à Sandstone. En l'occurence, Doc lui-même...

– Oui ? dis-je.

– Oh, après tout, je ne devrais probablement pas dire ça.

Il aurait tout aussi bien pu le dire : Doc lui-même pourrait s'aviser de me faire renvoyer en prison.

– Pourquoi ne venez-vous pas me rendre une petite visite à mon bureau, Pat ? Je suis persuadé que vous et moi avons beaucoup de choses à nous dire.

– Je serai heureux de venir vous voir, l'assurai-je.

– Parfait ! dit-il en souriant. Tenez, voici notre homme. Fleming ! Venez une minute.

Un homme corpulent de haute stature se détourna lentement d'un groupe qui se dirigeait vers la porte, et nous regarda d'un air sombre. Hardesty me prit par le coude et me conduisit vers lui.

– M. Fleming, je veux que vous échangiez une poignée de main avec Pat Cosgrove, dit-il d'un ton chaleureux. Pat doit venir travailler dans votre service, vous savez.

– Travailler dans mon service ?

Fleming ôta son cigare d'entre ses lèvres, et de ses gros doigts boudinés, toucha à peine la main que je lui tendais.

– Vous ne regardez jamais les calendriers, Hardesty ?

Celui-ci se mit à rire.

– Pat est un bon ami de Burkman. Le sénateur vous a parlé de lui.

– Burkman est un fichu casse-pieds, dit Fleming dont les petits yeux reflétèrent le souvenir d'une vive contrariété.

– Pat est fin prêt et brûle d'impatience de commencer, poursuivit Hardesty avec entrain. Est-ce que vous préférez en discuter avec lui ici ou dans votre bureau ?

Le gros homme émit un grognement.

– Mon bureau. Rita.

Sans ajouter un mot, il tourna le dos et s'éloigna lentement en roulant d'une jambe sur l'autre.

– C'est sa secrétaire, expliqua Hardesty. Rita Kennedy. Fleming l'aura appelée quand vous irez vous présenter.

– Tout est réglé ? demandai-je.

– Sûr. Elle va vous indiquer ce que vous aurez à faire. (Il m'appliqua une tape dans le dos). Il faut que j'y aille maintenant. N'oubliez pas ce que nous avons convenu.

– Vous pouvez compter sur moi.

Je retournai au bureau de Fleming sans pour autant me sentir très sûr de moi. Mais dès l'instant où j'eus franchi le seuil, je sus que j'avais un emploi. Rita Kennedy ne m'accueillit pas à proprement parler à bras ouverts, mais elle m'adressa l'un de ses petits sourires pincés et me fit signe d'approcher un fauteuil de son bureau.

– Bon, Pat, dit-elle d'un ton vif en sortant un épais dossier en papier kraft de l'un des tiroirs de son bureau. Je crois que nous sommes maintenant à pied d'œuvre. Voilà vos carnets de consommation d'essence, et ça, ce sont vos chèques-restaurants (vous avez droit à un dollar par repas), et là c'est la carte contre laquelle on vous remettra l'une des voitures du service. Vous savez où se trouve le garage de l'état, deuxième carrefour en allant vers le Sud ?

– Oui, mademoiselle, dis-je. Mais... ?

– Ah oui, je savais bien que j'avais oublié quelque chose. Excusez-moi une minute.

Elle se leva, ferma à clef le tiroir de son bureau et

se précipita en dehors de la pièce. Une ou deux minutes plus tard elle était de retour, portant une épaisse pile de documents photocopiés couverts d'inscriptions et de chiffres.

– Ce sont vos imprimés réglementaires, Pat. Vous en utilisez un par jour. Vous pouvez nous les remettre, une fois remplis, tous les trois ou quatre jours.

– Je vois, acquiesçai-je. Mais comment suis-je censé les utiliser, Mlle Kennedy ?

– En vous contentant de la boucler et en ne laissant pas votre voiture trop longtemps en stationnement devant les bars. Les journaux nous ont déjà sauvagement attaqués pour des trucs de ce genre.

– Mais... oh, fis-je.

– Vous pouvez vous y mettre.

Elle eut une ombre de sourire en me poussant vers la porte.

– Et n'oubliez pas ce que je vous ai dit à propos des bars.

– Vous pouvez compter sur moi.

Je quittai le capitole et pris la direction du sud en réfléchissant ; en me demandant quelle raison je pouvais bien avoir de ressentir un tel sentiment de honte.

Un peu plus de quinze ans auparavant, par une journée semblable à celle-ci, j'étais entré dans la First State Bank de Selby et j'avais pointé mon fusil de chasse calibre 16 sur le caissier. Je suis incapable de vous dire pourquoi. Tout ce que je sais, c'est que je n'avais rien prémédité. J'étais parti chasser du côté de la rivière lorsque je m'étais rendu compte que je n'avais que deux cartouches. Et tout ce que j'avais eu l'intention de faire en entrant dans la banque avait été de retirer un dollar de sur mon compte d'épargne.

Il était midi environ et le vieux Briggs, le caissier, était seul. J'avais pris mon fusil avec moi parce que je ne voulais pas le laisser dans ma Model T ouverte à tous vents.

Briggs m'avait lancé un regard amusé et moqueur, et avait ébauché le geste de lever les mains. Puis ses mains avaient continué à se lever et son regard avait tourné à la peur ; et j'avais bredouillé quelque chose comme : « B-bon, eh b-bien... je... je n'ai pas... je... je ne veux pas vous f-faire de mal, M. Briggs. »

Il s'était écroulé sur le sol derrière sa caisse et je m'étais tourné pour me précipiter dans la rue afin d'appeler du secours. Mais au lieu de cela, j'avais raflé une demi-douzaine de liasses de billets que j'avais précipitamment glissées sous mon pull-over, et la plupart étaient tombées par terre lorsque je m'étais rué au dehors.

Ma voiture était garée au coin de la rue et le shérif Nick Nickerson était assis sur le marche-pied.

– J'voulais justement t'voir, mon gars. J'crois ben qu'j'ai arrangé les choses pour qu'tu puisses aller à l'université en septembre.

– Chouette alors ! m'étais-je exclamé. Merci bien, M. Nickerson.

– J'ai écrit à mon neveu qu'est là-bas et y m'a répondu qu'si t'es prêt à donner un coup d'main au garage, en échange t'auras le gîte, le couvert et un peu d'argent de poche.

– C'est chic, dis-je. Moi, je peux trouver ce qu'il faut pour les frais d'inscription et les livres.

– Ça m'fait plaisir de pouvoir t'aider. Pour un jeune gars intelligent comme toi y a rien ici. Et plus vous êtes intelligents, plus vous avez tendance à tourner mal, on dirait.

Je l'avais remercié à nouveau et étais monté dans ma voiture. Et à ce moment-là, la sonnerie d'alarme avait retenti à l'intérieur de la banque : il s'était mis à courir et moi j'avais démarré. J'avais d'abord roulé lentement, comme hébété. Puis de plus en plus vite. Puis pied au plancher.

A environ deux kilomètres après la sortie de la ville, le moteur avait commencé à hoqueter et à crachoter, et j'avais compris qu'il ne me restait presque plus d'essence. J'avais tourné à l'aérodrome et traversé le terrain d'aviation.

Frank Miller essayait de lancer l'hélice du vieux coucou trois places qu'il avait rafistolé. Le moteur démarra. Il courut en décrivant un arc de cercle pour aller se glisser aux commandes ; et moi, j'avais bondi de la voiture et je montai dans l'appareil sur ses talons. Le juge Lipscomb Lacy était déjà étalé en travers des sièges : il pesait près de cent-cinquante kilos et il lui fallait les deux fauteuils à la fois.

– Bon Dieu, mais qu'est-ce que tu fiches là, Red ? me demanda Frank. Le juge Lacy a un rendez-vous important en ville et...

– Fonce, Frank, ordonnai-je, ou je te descends. Je... je te descends, je te jure sur ma tête que je le fais.

Je réussis à me glisser dans l'appareil, enfonçai le canon de mon arme dans le ventre du juge Lacy et leur dis que j'allais descendre le juge si Frank ne faisait pas ce que je lui disais, et qu'ensuite c'était Frank que je descendrais. Les yeux du juge se révulsèrent ; il devint verdâtre et sa tête tomba sur sa poitrine. Et Frank me dit :

– Ça va, espèce de sale cinglé !

Et nous décollâmes. Puis l'avion retomba. Rebondit sur le sol en tanguant dangereusement.

– Je peux pas le faire décoller, Red. Je te jure que c'est vrai.

– Je sais, répondis-je. Tu veux qu'on le largue ici ?

– Vaut mieux pas. Il a l'air drôlement mal en point.

– Alors qu'est-ce qu'on fait, bon Dieu ?

– J'sais pas.

Plus tard, bien plus tard, la porte de l'avion s'ouvrit et il y avait là toute une foule de gens qui nous regardaient. Le shérif Nickerson tendit le bras et me prit le fusil des mains.

– Descends, maintenant, mon gars, dit-il. Allez, arrive, et on va s'occuper d'tout ça.

Alors je descendis et ce fut la fin de l'histoire. A part le procès bien sûr, avec avocat commis d'office et cour présidée par le juge Lipscomb Lacy.

... Jamais je n'avais eu honte de ce que j'avais fait. Et aujourd'hui non plus je n'avais pas honte. Pas de ce que j'avais fait autrefois.

Le gérant du garage jeta un coup d'œil à la carte me permettant de retirer une voiture et ordonna à un jeune Noir en bleu de travail de s'occuper de moi. Celui-ci me conduisit vers le fond du garage, après les motocyclettes et les voitures de police noires et blanches.

– Oui, monsieur, dit-il en faisant halte. Et quel genre de voiture que c'est qu'vous voulez ?

– Je peux avoir celle que je veux ?

– Eh ben, euh. A vot'place j'prendrais pas une des grosses, là. Mais ici y a un gentil petit cabriolet. Il est à personne en particulier, çui-là.

La voiture en question était pratiquement neuve, d'un noir uni, sans fantaisies ni fioritures. Seule la plaque d'immatriculation permettait de savoir qu'il s'agissait d'une voiture de l'administration.

– Ça ira, dis-je. A quelle heure dois-je la rapporter ?

– Vous habitez en ville, monsieur ?

– Oui, répondis-je.

– Eh ben, presque tous ces messieurs qu'y z'habitent en ville ils la gardent leur voiture.

– Voilà un arrangement qui me paraît tout à fait satisfaisant.

– Oh oui, monsieur, me dit-il avec un large sourire. Y a jamais personne qui rouspète là-d'sus.

Je lui tendis un dollar, glissai mes papiers à l'arrière du siège et démarrai.

11

L'appartement de Madeline Flournoy se trouvait au premier et unique étage d'un immeuble en briques situé dans un quartier semi-résidentiel. Le rez-de-chaussée était occupé par un magasin de meubles. L'entrée conduisant à l'étage se trouvait dans une rue latérale et aucune fenêtre ne donnait de ce côté-là. De l'autre côté de la rue se dressait le mur nu d'un entrepôt.

En haut des marches il y avait une porte, et une autre un peu plus loin dans le couloir. J'hésitai puis me rappelai qu'il n'y avait qu'une seule boîte à lettres en bas : les deux portes donnaient sur son appartement. Je frappai à la première. Elle s'ouvrit presque instantanément.

– Vous êtes venu en voiture ou à pied ? (Elle ne paraissait pas surprise de me voir). Où vous êtes-vous garé ?

– Plus bas dans la rue, dans un parking à deux blocs d'ici.

– Entrez donc.

Elle portait un short, un short très court, et un pull-over gris en laine. Elle avait les pieds et les jambes nus. Ses longs cheveux bruns ondulés étaient ramenés sur le sommet de sa tête et maintenus en place au moyen d'une épingle. Leur extrémité frisée retombait sur son front, semblable à une petite brosse.

– Ne regardez surtout pas par là, dit-elle avec un mouvement du cou qui fit danser sa frange.

Et, bien entendu, mon regard se porta aussitôt du côté où se trouvait sa chambre avec son lit défait.

– Je viens de me lever, ajouta-t-elle.

Puis elle bâilla et dit :

– Ah, ce Doc, rien ne lui fait peur à condition que ce soit les autres qui le fassent.

– Vous vous êtes couchée très tard ? demandai-je.

– Mmmm. Venez. J'ai besoin d'un café !

– Il vaut peut-être mieux que je vous dise que Doc m'a interdit de vous rencontrer.

– Qu'il aille se faire voir, répliqua-t-elle. Pour ce qui est de donner des ordres aux autres on peut lui faire confiance. Pour qui il se prend à venir nous dire ce qu'on doit faire ?

– Ben, en ce qui me concerne, il est drôlement bien placé pour me dire ce que je dois faire.

– Ah bon ? fit-elle en me regardant d'un air déconcerté. Eh bien, il n'en saura jamais rien. Personne ne vient jamais ici dans la journée. Mais alors, personne.

Elle tira sur sa manche d'un geste impatient et je la suivis.

Sur notre droite il y avait un coin presque entièrement envahi par un vieux canapé en peluche. Elle ferma la porte donnant sur le salon, me poussa sur le canapé puis passa dans la cuisine en se glissant entre mes genoux et le mur.

Elle revint avec deux tasses de café et m'en donna une. Elle s'assit alors à côté de moi en me faisant face, ou plutôt, elle s'installa sur ses genoux.

– Vous feriez mieux de monter sur le canapé vous aussi, dit-elle. Vous avez à peine la place de caser vos jambes comme ça.

– Ça va, dis-je.

– Qu'est-ce que vous avez à vous tortiller comme ça ? demanda-t-elle en plissant les yeux. Si vous voulez aller aux waters, ils sont là.

– Non, merci.

– Ecoutez, dit-elle avec un mouvement de tête qui fit bouger sa frange sur son front, la porte est fermée et il y a les autres pièces entre le couloir et nous. Et de toutes façons personne ne vient jamais ici dans la journée. Bon Dieu, si j'avais su que vous étiez une telle poule mouillée...

– Je croyais que vous étiez au courant, répondis-je, sans quoi je ne serais jamais venu aujourd'hui. Votre désir de me connaître pourrait s'en trouver quelque peu modifié.

– Au courant de quoi ? Qu'est-ce que je devrais savoir ?

– Je viens d'être libéré de la prison de Sandstone. Doc a obtenu ma libération conditionnelle.

– Oh, fit-elle tout bas.

– Quinze ans. Pour vol à main armée.

– Je suis sincèrement désolée, Pat. Quel âge aviez-vous ?

– Presque dix-huit ans.

– Presque dix-huit ans, répéta-t-elle. Vous n'avez tué ni blessé personne, n'est-ce pas ?

– Je n'ai même rien volé du tout.

Puis je lui parlai un peu de ce qui s'était passé et, aussi bizarre que cela puisse paraître, je me surpris à en rire.

Quant à elle, elle rit aux éclats, bascula en avant sur ses genoux et nicha sa tête au creux de mon épaule.

Je posai ma tasse par terre à côté de la sienne et la pris dans mes bras. Elle leva son visage vers moi et me regarda.

– Je... je n'ai jamais rencontré quelqu'un comme vous, lui dis-je.

– J'espère bien, répondit-elle du tac au tac. Et ce n'est pas demain la veille.

– Je me trouve dans une position très très inconfortable, Madeline. Je ne peux pas dire ou faire ce que je voudrais, agir comme n'importe quel autre homme pourrait le faire.

– Oui, dit-elle. Ça, on peut le dire.

– Bon... (J'étais un peu déconcerté par sa réponse). On dirait que nous sommes d'accord.

– Je me demande s'il vous est venu à l'idée que je pouvais très bien, moi aussi, me trouver dans une situation très incorfortable ?

– Oui, dis-je. Et j'y ai beaucoup pensé.

– Pourquoi ça ?

– Parce que je vous aime bien. Et c'est un euphémisme. Si je devais vous fournir une explication plus complète il me faudrait rentrer dans les détails de ce qui, à mon avis, constitue l'inconfort de votre situation.

– Un instant de silence permettra à Mme Flournoy d'entrer en transes et d'interpréter le message du professeur Cosgrove.

– Je pense que vous avez compris ce que je veux dire.

– Chut ! fit-elle.

Puis elle se tourna, s'allongea et posa la tête sur mes genoux.

Je me penchai pour l'embrasser. Elle me rendit deux petits baisers rapides avant de retirer ses lèvres. Ils avaient quelque chose de si... de si chaleureux, de si confiant et de si innocent que je me dis que je ferais mieux de plonger mes mains au fond de mes poches et de les y garder. Voire, au besoin, de m'asseoir dessus. Et, bien sûr, je n'en fis rien.

Elle ouvrit les yeux et me regarda. Puis elle posa sur mes lèvres un doigt effilé, le déplaçant de haut en bas. Elle abaissa ensuite sa main et la posa sur la mienne.

– Qu'est-ce que vous faites dans... dans tout ça, en fait ? lui demandai-je.

– Et vous ?

– Ça n'a rien de comparable.

– Vous trouvez ? Un jour, sans réfléchir, vous avez fait quelque chose d'apparemment facile (quelque chose qui semblait devoir vous rapporter gros), alors que vous étiez trop jeune pour en prévoir les conséquences. Eh bien moi aussi.

J'allumai une cigarette, jetai l'allumette dans ma soucoupe. Elle plissa les yeux en me regardant faire et avança les lèvres. J'approchai ma cigarette et elle aspira une longue bouffée.

– Alors ? me demanda-t-elle en faisant des ronds de fumée.

– J'ai du mal à imaginer que vous puissiez, pendant une assez longue période vous plier à quelque chose qui vous déplairait.

– Vous vous êtes bien plié au régime de Sandstone, pas vrai ?

Elle tira à nouveau sur ma cigarette et secoua la tête pour bien souligner ce qu'elle disait.

– Quand je vous ai vu pour la première fois de ma vie sur les marches du capitole, hier, (oh, oui, je vous avais vu), je me suis dit, ça y est, c'est lui...

– Je me suis dit la même chose.

– Je le sais bien, dit-elle en me tapotant la joue. Et j'avais décidé qu'en revenant j'allais vous bousculer par maladresse, ou bien... ou bien laisser tomber quelque chose, ou encore m'étaler devant vous. N'importe quoi pour arriver à faire connaissance. Et puis j'ai découvert que vous étiez avec Doc et ça m'a vraiment fait un drôle d'effet. Pourtant...

– Je sais.

– Vous deviez avoir de très bons amis pour avoir

fait intervenir Doc. S'ils ont réussi à le convaincre d'obtenir votre libération conditionnelle, ils peuvent sûrement le convaincre de vous faire obtenir votre réhabilitation.

– Je n'ai pas d'amis, dis-je. C'est Doc qui m'a fait sortir, lui et lui seul.

– Hein ? fit-elle avec un geste de la main. Vous voulez dire comme ça ?

– Oui, comme ça.

Je lui parlai de la lettre que j'avais écrite à Doc.

– Je ne l'avais jamais vu, conclus-je.

– Mais alors, pourquoi ? Pat ? Vous n'avez pas accepté de... Vous n'avez pas promis...

– Qu'aurais-je pu promettre ?

– Mais...

– Je sais. Il y a forcément une raison. Mais la seule à laquelle je puisse penser ne tient pas debout : je peux ou je pourrai lui être utile en étant simplement ce que je suis. Il s'imagine que je pourrai lui être utile.

– Il se l'imagine ?

– Ce n'est qu'une intuition, repris-je en acquiesçant de la tête. Il avait une raison de me faire libérer ; quelqu'un d'autre en avait une différente. Ce qu'il a prévu ne va pas se réaliser... mais l'autre, en revanche, va aboutir.

– C'est pour le coup que ça ne tient plus debout, dit-elle. Croyez-moi, Pat, ce type sait ce qu'il fait. Toujours. Cela fait des années que je travaille pour lui et je suis bien placée pour connaître toutes les affaires louches qu'il a pu monter. Je... je...

– Ne vous tracassez pas pour ça, dis-je. Pour quelqu'un qui n'a pas eu besoin de s'entraîner à ça pour survivre, vous vous débrouillez très bien.

– Qu'est-ce que... ? Je ne comprends pas.

– S'entraîner à mentir. A tromper les autres. Vous êtes le bras droit de Doc. Vous le saviez, qu'il allait me faire sortir de Sandstone. Et vous savez pourquoi il m'en a sorti. Pouquoi ne me le dites-vous pas ? Quelle prise peut-il avoir sur vous pour que vous ayez peur de parler ?

– C'est pour cela que vous êtes venu ici aujourd'hui, Pat, pour me tirer des renseignements ?

– Je ne pensais pas que ce serait nécessaire. Je pensais que vous partagiez un peu le sentiment que je ressens pour vous. Je...

– Oh mais bien sûr !

Elle se releva et me serra fort, puis elle ajouta :

– Il faut me croire. Je ressens la même chose.

– Alors ne me cachez rien.

– Pat ! Ne le laissez pas... ne le laissez pas vous convaincre de faire quelque chose ! Il faut m'en parler avant. Ne faites rien sans m'en avoir parlé avant. Vous me le promettez ?

– Je...

Soudain, mes cheveux se dressèrent sur ma tête.

– Avez-vous fermé la porte d'entrée à clef ? lui demandai-je.

– Sans doute pas. Personne ne vient jamais ici dans la journée.

– Il y a pourtant quelqu'un, dis-je en désignant de la tête le panneau de verre de la porte de communication.

Précisément au moment où il regardait au travers, un large sourire aux lèvres.

12

Il avait à peu près la même taille que moi mais il était plus lourd ; il avait aussi une bouche sans lèvres, jaunie par le tabac, des petits yeux porcins et rouges, et un nez qui donnait l'impression d'être en papier mâché. Il portait un costume de serge bleue mais pas de gilet, un feutre gris rabattu sur les yeux et des chaussures montantes de couleur noire. Chaussures et chapeau étaient impeccables. Il n'en allait pas de même pour le costume.

Je sus à qui j'avais affaire avant même qu'il ne crache le cure-dents qu'il avait entre les lèvres et qu'il ne me tende sa carte officielle.

Je la lui rendis avec un signe de tête.

– Ce monsieur travaille pour le compte du service des libérations conditionnelles, Madeline, dis-je. Il vient de me prendre en flagrant délit de manquement à ma parole.

– Et alors ! fit-elle en le dévisageant avec fureur. Ça ne lui donne pas le droit de s'introduire chez les gens. Je veux voir votre mandat, espèce de...

– Vous ne comprenez pas, Madeline. Ce monsieur peut me faire retourner à Sandstone. Maintenant, allez fermer la porte, à clef cette fois-ci. Nous ne tenons pas à être dérangés pendant que nous avons notre petite conversation, n'est-ce pas monsieur ?

Il sourit et la prudence disparut de ses petits yeux porcins.

– Bon, eh bien, dis-je en souriant et en le regardant droit dans les yeux, comment voyez-vous les choses, monsieur ? Est-ce que deux billets de cent dollars vous conviendraient ?

– Deux billets de cent ? répéta-t-il tandis que son visage hideux s'éclairait puis se crispait dans un rictus menaçant. Hum, hum. On est loin du compte. Allez jusqu'à cinq cents.

– Et cela suffira ?

– C'est ce que j'ai dit, non ? Pour cinq billets, marché conclu.

– Vous commettez une erreur, dis-je. Eviter de retourner à Sandstone représente bien davantage que cinq cents dollars pour moi. Je crains de ne pouvoir parvenir à vous expliquer ce que cela représente pour moi. Il faudrait que je vous le montre. Allons, n'ayez pas peur, monsieur...

Mais il avait peur, ou du moins il commençait. Je continuais à sourire et mes yeux ne quittèrent pas les siens si bien qu'il resta au même endroit tandis que j'ôtais ma veste, ma chemise et mon tricot de corps.

J'entendis l'exclamation qui échappa aux lèvres de Madeline.

Il avala sa salive et émit un léger sifflement.

– Bon Dieu ! murmura-t-il.

– Ce sont mes cicatrices que vous regardiez, monsieur ? lui demandai-je. Ah, mais, comparativement, ce n'était rien. Un peu désagréable, certes, quand les bestioles s'y mettaient, ou encore la sueur, la poussière de cailloux ; mais ce n'était rien comparé à mes côtes, là. Vous auriez dû les voir passer au travers des chairs et sortir comme des esquilles de bois à la surface d'un tronc d'arbre. Vous auriez dû voir ce bras le jour où un ami a essayé de le couper d'un coup de hache. J'ai bien dit un ami, monsieur. Il a écopé de trente jours de trou et moi de trois semaines d'hôpital. J'espère que ce spectacle n'a pas été trop désagréable, monsieur. Je tenais seulement à vous prouver que, pour éviter de retourner à Sandstone, aucun prix que je pourrais avoir à vous payer n'est, ni ne sera jamais, trop élevé. Ce qui nous ramène à notre problème précédent. Puisque je ne suis pas en mesure de vous payer, que puis-je faire pour vous prouver à quel point votre silence m'est précieux ? Que puis-je vous donner... qui sera toujours suffisant ? Et que vous ne souhaiterez jamais voir renouveler ?

Il recula d'un pas.

– Vous f-feriez bien de f-faire attention, Red, dit-il d'une voix qui se cassa et monta dans les aigus. Vous f-feriez bien de f-faire attention et de p-pas m'approcher ! Je... je vous ai rien fait. C'était rien qu'une b-blague, y a p-pas de m-mal à ça...

Il trébucha et essaya de se protéger le visage de ses mains.

D'un geste large et violent je le frappai du tranchant des deux mains, l'atteignant au niveau des deux reins en même temps. Ses bras retombèrent et je le giflai à toute volée, le faisant tournoyer sur lui-même. Je me saisis de sa cravate et tirai d'un coup sec, le plus fort possible, puis m'emparai de chacune des deux extrémités que je nouai derrière sa nuque.

Je le laissai s'écrouler sur le sol et le regardai gesticuler en tous sens, ses mains essayant d'agripper et d'arracher le tissu qui lui entamait la gorge.

La voix de Madeline me parvint.

– Il va m-mourir, Pat. Faut pas le laisser mourir...

– Des oranges dans un filet, lui ordonnai-je. Ou

dans un sac de farine. Et quelque chose pour couper sa cravate.

– Pour quoi faire, des oranges ?

– Vous feriez mieux de vous dépêcher, répondis-je en décochant un coup de pied à notre visiteur car il tentait de se relever en s'agrippant à mon pantalon.

Elle revint en courant, un tranchet à la main, ainsi que quatre ou cinq oranges dans le fond d'un filet de couleur rouge.

Je fis tournoyer le filet en le tenant à deux mains ; il atteignit l'homme à la poitrine et l'étendit sur le sol : panique plus intense n'aurait pu s'emparer de lui. Je lui martelai le torse, le ventre et les cuisses, puis le fis rouler sur le ventre et abattis sur toute la surface de son dos une avalanche de coups.

Je le relevai brutalement, tranchai sa cravate et le jetai dans un fauteuil. Il resta là, suffoquant à demi, les mains crispées sur sa gorge, les yeux roulant dans leurs orbites.

Je me fis apporter un gant de toilette et un peigne par Madeline. Je passai le gant sur le visage de l'homme et le peigne dans ses cheveux. Puis je lui mis son chapeau sur la tête et boutonnai sa veste.

– Vous avez bien compris ? lui demandai-je. Voilà ce que ça signifie pour moi.

– J'ai..., commença-t-il en acquiesçant de la tête. J'ai compris.

– Si vous allez porter plainte, on ne vous croira pas forcément. Et si on vous croyait, je trouverais quand même le moyen de vous retrouver. Je n'ai plus rien à perdre, ce qui n'est pas votre cas, tant s'en faut. Alors je vous retrouverai. Rien qu'une fois. Après, je n'aurai plus besoin de le faire.

D'un geste du pouce je lui indiquai la porte.

– Vous avez compris ? Tâchez de ne pas l'oublier.

Je ne lui avais pas fait très mal. Quelqu'un qui aurait vraiment souffert n'aurait pas pu déguerpir aussi vite. Lorsque la porte claqua derrière lui j'eus un petit rire.

Madeline me sourit, mais c'était un sourire forcé.

– Vous voyez, dis-je, je ne l'ai pas tué. Je ne lui ai même pas fait vraiment mal.

– Mais pourquoi... comme ça... ?

– Avec les oranges ? C'est un attrape-couillon vieux comme le monde. Vous savez, les accidents bidons pour escroquer les assurances.

– J'ai bien peur de ne pas savoir grand chose, Pat, dit-elle lentement.

– Quand quelqu'un est censé avoir eu un accident et qu'il n'a pas la moindre trace de blessure sur le corps : l'un de ses complices prend un sac rempli d'oranges et s'en sert pour le rouer de coups. Ça ne lui fait pas vraiment mal mais ça suffit à lui couvrir le corps de bleus et d'ecchymoses.

– Oh.

– Notre ami m'a paru exceptionnellement impressionnable. Jusqu'à son dernier jour il va probablement rester persuadé qu'il n'a échappé à la mort que d'extrême justesse.

– Et ce n'est pas vrai, hein ?

Je pensais m'être déjà exprimé suffisamment clairement.

– Non, dis-je d'un ton brusque. Pas cette fois-ci.

Je ramassai mon tricot de corps et l'enfilai. Puis j'enfilai ma chemise et remis ma cravate. Je tendis la main vers ma veste mais Madeline me devança. Elle me la tint, m'aidant à la passer ; puis elle se coula devant moi, les bras serrés autour de ma taille.

– Je vous comprends, Pat. Je ne vous en veux pas. Mais... oh, n'en parlons plus.

– Je vous ai fait peur avec ce que je lui ai fait. Vous avez peur que je fasse la même chose à Doc. Qu'est-ce qu'il représente pour vous, Madeline ? Qu'est-ce qu'il mijote pour que vous me croyiez capable d'essayer de le tuer si je l'apprends ?

Elle secoua la tête avec obstination.

– Il n'y a rien que je puisse vous dire, Pat, affirma-t-elle. Rien. Si vous m'aimez, il va falloir que vous me croyiez.

– Bon, dis-je.

Elle me serra une dernière fois dans ses bras.

– On parie que tout se terminera bien, déclara-t-elle d'un ton enjoué. Pari tenu ?

– Pari tenu, répondis-je.

A peine la porte s'était-elle refermée derrière moi qu'elle éclata en sanglots, et je le savais.

13

Hardesty possédait des bureaux de grand standing au dernier étage du gratte-ciel le plus haut de la ville. Sur toutes les portes qui se succédaient le long du couloir menant à l'accueil des visiteurs était apposée la même inscription :

Hardesty & Hardesty
Conseillers Juridiques

Quant à la réceptionniste, une femme âgée au regard soupçonneux et à l'humeur chagrine, elle régnait sur une pièce aussi démodée que le bâtiment était neuf.

J'éteignis ma cigarette et croisai les mains. Un bon quart d'heure s'écoula avant que Hardesty ne sorte de son bureau.

Il m'adressa un signe de tête en jetant une poignée de papiers sur le bureau de la réceptionniste.

– Je vais être pris jusqu'à la fin de la matinée, Mme Smithson, dit-il. Notez les appels qui arriveront pour moi, voulez-vous ?

– Mais ! s'exclama-t-elle; Vous devez vous rendre au tribunal à onze heures.

– Clark va s'en occuper ; ce n'est pas très important. Entrez donc, Pat.

Il referma la porte sur un grognement de désapprobation de son employée : un sourire confus se dessina sur son beau visage au teint mat.

– Elle est vraiment charmante, n'est-ce pas ?

– Cela fait longtemps qu'elle est à votre service ? demandai-je.

– Depuis l'époque de mon grand-père.

Il approcha de sa cigarette une allumette qu'il me tendit ensuite.

– Mon père et lui étaient associés, au cas où vous vous interrogeriez sur le nom du cabinet.

– Ce qui doit en faire l'un des cabinets juridiques les plus anciens de l'état.

– Effectivement, je crois que c'est le plus ancien.

Ça, c'est de la décoration, hein ? Quand mon père est mort, j'ai voulu essayer d'égayer un peu le décor, mais comme vous pouvez vous en rendre compte ça n'a pas dépassé le stade des intentions. Et je suppose que si l'immeuble dans lequel nous nous trouvions auparavant n'avait pas été voué à la démolition, je n'aurais même pas réussi à nous faire venir jusqu'ici. Quoi qu'il en soit, un tel conservatisme est un atout si l'on considère la clientèle qui est la nôtre.

– Oui, dis-je. Certainement.

– Ce n'est pas vraiment ce à quoi vous vous attendiez, hein ? dit-il en me lançant un regard perçant. Vous ne pensiez pas qu'un cabinet juridique ancien et respectable pourrait rien avoir de commun avec quelqu'un comme Doc ?

– Franchement, non, avouai-je. Mais ne voyez pas là une critique dirigée contre lui.

– Hum. Bien sûr que non. Eh bien, Pat, tout à fait confidentiellement, les relations que je peux avoir avec Doc sont le plus limitées possibles. Vous savez comment cela se passe. On essaye de s'entendre avec les autorités locales et, avant d'avoir eu le temps de faire ouf, on se retrouve avec Doc ou quelqu'un de son genre dans les pattes. Et soit on marche avec eux, soit on peut dire adieu aux projets que l'on a.

J'acquiesçai diplomatiquement de la tête. Moins j'étais obligé de parler de Doc, pensai-je, mieux cela valait.

– Voyons voir. Cela fait combien de temps que vous êtes sorti de Sandstone ?

– Presque trois semaines.

– Et vous commencez à vous faire un drôle de

mouron. Allez, n'ayez pas peur de le reconnaître, Pat.

– Oui, c'est vrai, dis-je. Mais il n'est pas facile d'en parler. Le problème, c'est... c'est Mme Luther. Elle est toujours après moi.

– Ah bon ?

– Le deuxième soir où j'étais là-bas, elle est venue dans ma chambre et elle a failli me mettre dans une très mauvaise position vis-à-vis de Doc. Et depuis, elle n'a pas changé d'attitude. Elle se comporte d'une façon qui, heu, paraît assez effarante.

– Hum, fit Hardesty. Tout cela est fort embarrassant, c'est indéniable, mais à votre place je n'y accorderais pas trop d'importance. Doc n'en fera pas retomber la responsabilité sur vous.

– Il ne devrait pas le faire, mais pourtant c'est bien ce qui se passe. Je ne peux pas le lui dire à lui, que ce n'est pas de ma faute. Et elle, je ne peux pas l'envoyer promener. Et je ne peux pas la laisser continuer. Quoi que je fasse ou que je ne fasse pas, je ne peux que m'attirer la colère de Doc. J'ai bien peur que cela n'aboutisse à la révocation de ma libération conditionnelle.

– Hum. Et si vous pensiez que les choses allaient en arriver là, vous essaieriez de filer pendant qu'il en serait encore temps. Non, il n'en est pas question ; il n'en est absolument pas question.

– Je me demande si vous auriez suffisamment d'influence auprès d'elle pour qu'elle cesse de se comporter ainsi, dis-je.

– Voyons, heu, fit-il en pinçant les lèvres, ...m-oui. Oui. Je peux vous rendre ce petit service.

– Je vous en serai très reconnaissant, l'assurai-je.

– Ce n'est pas là tout ce qui vous inquiète, Pat.

– Non, avouai-je.

– C'est tout ce que vous avez à me dire, « Non » ? Vous m'avez bien fait confiance tout à l'heure.

– Je pense que vous devez vous en douter, dis-je. Je ne parviens pas à m'empêcher de me demander dans quel but Doc m'a fait sortir de Sandstone.

– Vous ne pouvez imaginer Doc faisant quelque chose comme ça, sans y trouver son intérêt quelque part ?

– Je n'ai pas dit cela. Je trouve très étrange, c'est vrai, qu'il l'ait fait à ce moment particulier. A en juger par la façon dont Burkman a été traité, et d'après plusieurs autres choses que j'ai vues ou entendues, les amis de Doc risquent d'être battus aux élections. Ils n'ont pas d'énergie à gaspiller s'ils veulent l'emporter. Alors pourquoi consacrent-ils une grande partie de leur influence à m'aider ?

– Très bonne question, Pat. Mais la réponse est toute simple. Vous avez déjà entendu parler de Fanning Arnholt, le président de la Phalange Nationale ?

– La grande organisation patriotique ?

– L'organisation super-patriotique, corrigea Hardesty. Quand Arnholt et sa Phalange disent quelque chose, nous autres pauvres mortels nous sentons obligés d'obéir au doigt et à l'œil.

– Ah bon ?

– Arnholt a prévu de prononcer six discours dans notre état, dont le premier ici-même, dans la capitale, d'ici environ deux semaines. Il va violemment s'en prendre à un certain nombre de manuels scolaires utilisés actuellement, en prétendant qu'ils sont subversifs. Une fois qu'il l'aura fait, il ne sera plus difficile de se débarrasser de ces manuels et d'adopter une politique nouvelle.

– Je vois, dis-je. Mais...

– Je sais. Vous vous demandez pourquoi nous perdons notre temps à nous occuper de manuels scolaires alors que nous avons tant à faire avec les responsables des puits de forage. Mais nous... les amis de Doc s'en occupent, en fait, des compagnies pétrolières. S'il y a beaucoup de bruit de fait autour de ces manuels scolaires, l'attention des gens se détournera des problèmes du pétrole. Il y a un paquet de fric en jeu pour eux s'ils arrivent à détourner l'attention des gens. Et nous, nous touchons des deux côtés.

Il grimaça un sourire et tendit ses mains vers moi, les paumes vers le plafond, en m'observant de ses yeux sombres et chaleureux.

– Une affaire pourrie de A à Z, Pat, mais avec le tas de gogos que nous avons ici, il se trouvera toujours forcément quelqu'un pour tirer les marrons du feu. Et vous n'avez pas à vous en plaindre. Doc a monté toute l'affaire et a accepté d'en faire profiter ses associés. En échange de quoi ils vous ont fait obtenir votre libération conditionnelle.

– Mais cela ne répond toujours pas à ma question, dis-je. En quoi ma libération intéressait-elle donc Doc ?

– Eh bien, commença-t-il en hésitant, je ne suis pas sûr de pouvoir vous être d'un grand secours en l'occurrence.

– Vous devez le savoir, insistai-je. Vous avez bien plus à perdre que Burkman et les autres. Vous n'auriez pas accepté d'être partie prenante dans tout ça si vous n'aviez pas su exactement de quoi il retournait.

– Vous voulez dire si je n'avais pas été certain de toucher autant que Doc ? (Il secoua la tête). Peut-être pas, Pat. Il n'y a pas que l'argent.

– Vous me faites dire ce que je n'ai pas dit. Ce que je veux dire, c'est que vous connaissez la raison pour laquelle Doc voulait que je sorte de Sandstone.

– Possible. Mais pourquoi vous le dirais-je ?

– Eh bien...

La franchise de sa réponse me laissait sans voix.

– Eh bien, répétai-je, je n'ai rien à vous donner en échange de ce renseignement. Mais vous m'avez laissé entendre que vous étiez mon ami, que je pouvais vous faire connfiance...

– Et vous m'avez cru ?

– Eh bien...

– Eh bien, vous voyez ce qui se passe, Pat, me dit-il avec un sourire engageant. Vous me demandez quelque chose que vous-même n'êtes par prêt à donner. Et, ainsi que vous l'avez souligné il y a un instant, j'ai beaucoup à y perdre. Allez, dites-moi : vous n'avez pas votre petite idée là-dessus ?

– Pas la moindre. Je ne peux être d'aucune utilité à personne. Pour autant que je sache, je n'ai rien à offrir excepté une mauvaise réputation.

– Une très mauvaise réputation, reprit-il en hochant la tête.

– Ce qui veut dire qu'en soit, ce serait déjà quelque chose ?

– Disons seulement qu'il y a là, pour vous, matière à réflexion.

– Mais je ne vois pas comment...

– Allez, Pat. Vous êtes sur la bonne voie.

– Et puis il y a Mme Luther, dis-je. Si elle parvient à rendre Doc suffisamment furieux contre moi pour lui faire révoquer ma libération conditionnelle, le plan de Doc s'écroulerait, quel qu'il soit. Je serais de retour à la case départ et, par conséquent, tous ses efforts seraient réduits à néant et tout le temps qu'il y aurait passé l'aurait été en pure perte. Je sais bien que son comportement vis à vis d'elle est absurde, pourtant...

– Réfléchissez, Pat. Vous ne pouvez pas imaginer un ensemble de circonstances tel que quelqu'un pourrait tirer un avantage du fait que vous soyez renvoyé à Sandstone ?

Je le regardai sans comprendre. Il hocha la tête en plissant les yeux.

– Je vois bien que non, dit-il. Mais ça viendra. Ça vous apparaîtra, de même que l'autre aspect des choses. A ce moment-là, quand la signification de tout ça commencera à se dessiner dans votre esprit, nous reprendrons cette discussion.

– Je vous remercie, dis-je en lui serrant la main sans y mettre aucune chaleur.

– Pour l'instant, me dit-il, vous ne risquez rien. Il y a cette affaire Arnholt. Tant qu'elle ne sera pas réglée, il ne se passera rien.

– Je suis heureux de l'apprendre, dis-je.

– Vous pouvez tabler là-dessus. En attendant, je vais voir ce que je peux faire pour que Mme Luther ne soit pas constamment sur votre dos. Elle m'aime bien, vous savez.

Il me fit un clin d'œil et me donna un coup amical dans les côtes. Je le laissai me guider jusqu'à la porte de son bureau qui donnait sur le couloir.

– Notre petite conversation restera confidentielle, je peux vous faire confiance, dit-il en me serrant à nouveau la main.

Il me sourit en m'adressant un dernier signe de tête puis referma doucement la porte derrière moi.

14

Et puis, soudain, les choses se remirent à aller bien. Aussi bien qu'au début. Je n'avais plus besoin d'éviter Lila Luther ; elle se faisait une règle de ne pas croiser ma route. Et lorsque néanmoins, en de très rares occasions, nous nous rencontrions, elle se montrait tout juste polie.

Du jour au lendemain, pratiquement, la gêne que j'avais vu naître et se développer chez Doc disparut. Il redevint le vieux Doc qui s'exprimait tour à tour dans une langue châtiée ou argotique, qui était tour à tour léger ou profond, et d'un caractère égal et généreux : un homme qui tirait le meilleur parti possible d'une situation peu reluisante.

Je reçus ma première paye la semaine qui suivit ma visite à Hardesty : le vendredi, je m'en souviens très bien. Je n'avais pas encore travaillé un mois entier, mais je fus payé comme si cela avait été le cas.

Je remis le chèque à Doc pour qu'il l'encaisse en mon nom, et le lendemain soir il m'apporta l'argent dans ma chambre. Avec un sourire, il refusa d'en accepter le moindre cent.

– Faites bien gaffe à votre fric, Pat, me dit-il. Vous ne vous éterniserez sûrement pas longtemps dans l'un de ces emplois administratifs, et même si vous le vouliez, vous n'y parviendriez sans doute pas. Faites-y gaffe et vous aurez quelque chose pour démarrer, au terme de votre période de liberté sur parole.

– Je me demande si je ne devrais pas ouvrir un compte en banque ? remarquai-je.

– C'est une bonne idée, répondit-il. Nous nous en occuperons à la première occasion, quand je pourrai trouver le temps d'y aller avec vous pour vous présenter.

Tous les matins, je quittais la maison à une heure raisonnable et ne rentrais jamais avant cinq heures de l'après-midi. En règle générale, je passais une heure environ chez Madeline. Le reste du temps, j'allais au cinéma, lisais à la bibliothèque ou parcourais les rues en voiture.

Un matin, quelques jours après avoir reçu ma paye, je poussai jusqu'à cet endroit où Doc et moi nous nous étions arrêtés le premier soir que j'avais passé en dehors de Sandstone : cet endroit où la boue du pétrole due aux puits de forage avait fait de la rivière une vaste étendue de fange dangereuse et nauséabonde. Je ne pense pas avoir consciemment cherché à retrouver ce lieu ; ce n'était pas un site qui pouvait justifier quinze à vingt kilomètres en voiture. Mais je m'y retrouvai tout à coup, garai la voiture sur le bas-côté de la route et me dirigeai vers le banc de pierre. Je m'y assis et me penchai en avant avec prudence. Je ramassai une poignée de petits cailloux que je fis tomber dans la boue.

De loin en loin me parvenaient les échos métalliques distants des pinces serre-tubes, ou le « Lâ-â-â-chez tout » assourdi d'un des membre d'une équipe de forage. Et les silhouettes successives des quadruples chaudières projetaient dans l'air des nuages de fumée paresseux. Même ici, à l'endroit où je me trouvais, je sentais les secousses qui faisaient trembler le sol à intervalles réguliers, la vibration ininterrompue des pompes à boue qui grondaient et recrachaient la fange dans les puits.

Je pris une longue et profonde inspiration, puis laissai l'air s'échapper lentement. Il faisait bon être là, en cet endroit ou en tout autre qui n'était pas Sandstone. Chaque jour qui passait, je me rendais un plus peu compte combien c'était bon. Ne pas être obligé de toujours se tenir sur ses gardes ; rire ou sourire quand on en a envie ; ne serait-ce que pouvoir respirer... tranquillement ; et réfléchir au lieu de calculer.

Je me penchai en avant et souris à mon reflet dans la surface noire en-dessous de moi ; et un autre sourire me fut renvoyé, celui de mon image, préoccupé mais rassurant.

Accroche-toi, Red. Accroche-toi, sinon...

Une main s'abattit sur mon épaule.

– Vous feriez mieux de vous accrocher au banc, Red. Vous pourriez tomber là-dedans.

Dans le bref instant qui suivit, je rentrai instinctivement les épaules, saisis ce bras et me baissai en tirant brusquement pour projeter en l'air mon agresseur. Heureusement, elle poussa un cri et une réaction réflexe inverse de la première s'enclencha. Sinon, Myrtle Briscoe aurait plongé dans la rivière au lieu d'atterrir sur le banc. Et moi, j'aurais eu neuf chances sur dix de l'y accompagner avec une balle dans la tête.

Une voiture de patrouille était garée à côté de la mienne et un policier grimpait la pente à toute vitesse, la main plongée dans l'étui de son 45.

Il avait presque réussi à l'en extirper lorsque Myrtle Briscoe bondit du banc et fit de grands moulinets avec ses bras pour l'empêcher de s'en servir.

– Arrête, Tony ! parvint-elle à articuler.

Puis elle reprit sa respiration et hurla :

– Arrête, nom de Dieu !

Le policier suspendit son geste.

– Ça va, vous êtes sûre, Mlle Briscoe ?

– Bon Dieu, oui !

Elle émit un petit rire mal assuré et épousseta ses vêtements avant d'ajouter :

– Un peu secouée mais en un seul morceau.

Le policier nous regardait tour à tour et une expression de déception maussade se peignit sur son visage au teint foncé.

– Vous êtes sûre que vous ne voulez pas que je...

– Je veux que vous retourniez vous asseoir dans la voiture !

Il tourna les talons et rebroussa chemin. Myrtle s'assit en secouant la tête.

– Je ne sais pas à quoi ça tient. Mais quand on refile un pistolet à quelqu'un il n'a plus qu'une hâte, c'est de s'en servir.

– Moi aussi j'ai remarqué ça, dis-je en m'asseyant à côté d'elle. Je vous prie de m'excuser si je vous ai fait peur, Mlle Briscoe.

– Bah, vous savez, c'était la réponse du berger à la bergère. Qu'est-ce que vous fabriquez si loin de la ville, Red ?

– Ça ne m'avait pas paru si loin que ça.

– Vous ne travaillez pas ?

– J'ai toujours mon travail, dis-je. Je suis débordé pour plusieurs heures encore.

– O.K., dit-elle. Mais laissez-moi vous dire une chose, Red, Tony et moi on vous a collé au train depuis que vous avez quitté la ville. Il y a à peu près une heure, on vous a perdu. On a suivi la route pendant une bonne trentaine de kilomètres avant de faire demi-tour, et voilà qu'on vous retrouve ici. Vous pouvez m'expliquer ça ?

– Vous croyez que j'ai essayé de vous semer ? demandai-je. Je ne savais même pas que vous me suiviez.

– Comment ça se fait qu'on ne vous ait pas vu, vous ou au moins votre voiture ?

– C'est simple. D'abord, il y avait probablement d'autres voitures entre la mienne et la vôtre. Mais c'est essentiellement parce que vous ne vouliez pas me voir. Vous vouliez croire que j'essayais de filer. Vous étiez tellement persuadée que c'était ce que j'allais faire que vous ne m'auriez sans doute même pas aperçu si j'avais agité un drapeau rouge pour attirer votre attention.

– Bon, écoutez, Red. Vous savez pertinemment ce que je veux dire. Et la voiture alors ?

– Elle appartient à l'état. Vous le savez bien, Mlle Briscoe.

Elle en resta bouche bée et ses yeux étincelèrent de colère. D'un geste brusque elle tira de la poche de sa jupe démodée une feuille de papier qu'elle me fourra sous le nez.

C'était l'un de ces petits imprimés officiels consacrés aux transferts de titres de propriété, aux hypothèques, tout ce genre de choses. Myrtle Briscoe désigna une ligne entourée au stylo rouge dans la rubrique « ventes d'automobiles » :

Capital Car Co. à Patrick M. Cosgrove.
Cab. Fd. '42, $ 175.

– Je suppose que c'est un autre Cosgrove, commenta-t-elle d'un ton sarcastique. Allez, osez me le dire.

Je secouai négativement la tête. Je ne savais pas du tout de quoi il s'agissait mais je savais que ça ne pouvait pas être un autre Cosgrove. Tout cela cadrait trop bien.

J'avais touché un chèque de 250 dollars. Après en avoir retiré ce qui correspondait aux dépenses du mois, il devait me rester une somme d'environ 175 dollars à utiliser pour l'achat d'un cabriolet Ford. Je n'avais rien fait de tel, mais cela, je n'aurais pas osé le dire à Myrtle. L'idée même que j'aie été confié à Doc pendant ma période de libération conditionnelle lui avait déplu depuis le premier jour. Si elle venait à penser qu'il se servait de moi, que quelque chose de bizarre se préparait...

J'étais pris au piège et je ne pouvais pas emprunter la porte pour en sortir : elle menait tout droit à Sandstone. Je devais rester dans le piège tant que je n'aurais pas trouvé par moi-même le moyen d'en sortir.

– Je suis désolé, dis-je. Je ne savais pas que c'était une violation du règlement concernant ma libération conditionnelle.

– Qui vous a dit que c'était le cas ? Ce que je veux savoir c'est pourquoi vous l'avez achetée. Le certificat de vente a été enregistré hier mais la voiture se trouvait toujours sur le parking du vendeur ce matin.

– Je pensais aller la prendre ce week-end.

– Mais pourquoi l'avoir achetée (surtout une guimbarde comme ça), alors que l'état met gratuitement à votre disposition une voiture haut de gamme ?

– C'est pourtant bien simple. Etant donné que je n'en ai pas un besoin personnel, c'est évidemment que j'ai l'intention de la revendre. Je ne suis pas maladroit du tout de mes mains. Je peux la retaper pendant mes loisirs et gagner un peu d'argent dessus.

– Ouais... fit-elle en m'observant d'un air soupçonneux.

– Voilà exactement ce que j'ai l'intention de faire, Mlle Briscoe.

– Aujourd'hui, dit-elle en hochant la tête. C'est ce que, aujourd'hui, vous avez l'intention de faire. Mais avant... jurez-moi que vous l'avez achetée, cette voiture, Red.

– Je ne comprends pas.

– Moi non plus. Mais n'en parlons plus. Allez chercher cette voiture aujourd'hui. Et tâchez de la revendre en vitesse.

– Bien, mademoiselle, dis-je. Voulez-vous que je passe devant pour rentrer en ville ?

– Ce ne sera pas nécessaire, aboya-t-elle en réponse.

Puis ses traits et sa voix s'adoucirent tandis qu'elle ajoutait :

– J'essaye de vous aider, Red, j'essaye seulement de vous aider. Pourquoi ne me donnez-vous pas une chance d'y parvenir ?

– Comment cela, mademoiselle ?

– Arrêtez donc de faire ça ! Bon sang, mais arrêtez de vous replier dans votre coquille sinon vous ne pourrez plus en sortir. (Elle posa une main sur mon genou et approcha son visage du mien). Je suis sûre que vous êtes dans le pétrin, dans un fichu pétrin même. Faut me raconter ça.

– Je n'ai rien de particulier à vous raconter.

– Tenez, vous voyez ? Vous n'avez même plus besoin de réfléchir : automatiquement, vous éludez les questions. Doc vous a plongé dans un truc louche et vous ne savez pas comment vous en sortir, je me trompe ?

– Pourquoi aurait-il fait ça ?

– Red ! (Elle poussa un soupir et retira sa main). Supposons que je vous dise ceci : supposons que je vous confie que je sais que vous êtes régulier, que vous voulez continuer à l'être et que si vous vous retrouvez en mauvaise posture vous n'y êtes absolument pour rien ?

– Pour l'instant, je n'ai rien à vous dire, répondis-je prudemment. Mais il pourrait se produire quelque chose...

– Oui, Red ?

– J'ai cru comprendre que vous n'avez qu'une parole. Vous ne revenez jamais sur une menace ni sur une promesse. Alors si vous rendez cette supposition un peu plus spécifique, je vous croirai. Donnez-moi l'assurance que j'aurai votre confiance pour faire ce qu'il conviendra de faire, pour agir comme il me semblera légitime de le faire, et également que vous vous portez garante qu'on ne me renverra pas à Sandstone.

– Eh bien dites-donc, fit-elle avec un rire irrité, rien que ça, Red ? Ça fait beaucoup de risques à prendre sans aucune garantie en contrepartie.

J'acquiesçai.

– Certes, mais pas pires que ceux que vous me demandez à moi de prendre.

– Oh, mais si. Vous savez, Red, il y a infiniment plus de choses en jeu que deux malheureux individus comme vous et moi. Cela fait presque dix ans aujourd'hui que Doc et ses acolytes tiennent le haut du pavé. Ce coup-ci, aux prochaines élections, on dirait qu'ils vont se faire balayer. Ils sont prêts à tout. Ils cherchent un moyen de me discréditer. Vous pourriez bien être là pour ça.

– Je ne vois pas comment ils pourraient m'utiliser pour ça. De toute façon, on m'a laissé entendre que vous pouvez exercer vos fonctions aussi longtemps que vous en aurez envie.

– Ça fait trente ans que j'exerce, mais ça ne veux pas dire que je peux continuer. Et quand je m'en irai, l'esprit de réforme, aussi minime soit-il, disparaîtra avec moi. Un beau scandale et n'importe quel fonctionnaire élu se retrouvera toujours à la porte... et plus il s'est montré intègre, plus ça fait mal. Soit il est liquidé complètement, soit il est obligé de tremper dans des trucs si louches qu'il n'a plus aucun pouvoir dans son travail.

– Mais...

– Oui, je sais. Ce n'est pas moi qui ai signé votre libération conditionnelle. Mais j'y ai consenti et vous êtes sous ma responsabilité. Si je vous laisse vous fourrer dans une sale affaire, ça me retombera dessus. Et si je trinque, toute la liste réformatrice y aura droit par la même occasion. Ce qui, par voie de conséquence, laisse le champ libre à Doc et à ses complices. Dans notre état, le bipartisme n'existe pas. Les gens ne votent pas pour quelqu'un, ils votent contre.

– Je comprends, dis-je. Mais comment va-t-on s'y prendre pour vous discréditer en m'utilisant ?

– Je l'ignore, Red. Mais je peux imaginer tout un tas de choses que vous pourriez faire et qui suffiraient pour y arriver. Voilà pourquoi je veux que vous soyez franc avec moi. Et je marcherai avec vous autant que je le pourrai, Red. Je vous le promets.

Elle se leva d'un air las et entreprit de faire disparaître les plis de sa jupe perpétuellement froissée. Le soleil était haut maintenant et il soulignait chacun des traits de son visage dur et fatigué. Ses cheveux, ramenés en chignon sur le dessus de sa tête, étaient d'une couleur terne, plus proche du gris que du roux.

Je me levai également et, un instant, elle me regarda pour me dévisager, les yeux plissés face au soleil. Puis, me saisissant par le bras, elle m'écarta doucement, passa devant moi et redescendit la pente.

En la regardant, en regardant sa démarche ferme et assurée, je ressentis une certaine honte : et j'eus envie de la rattraper ou de la rappeler. Mais je demeurai immobile et n'ouvris pas la bouche.

Je voyais bien que je commettais là une erreur dont l'ampleur devait m'apparaître par la suite.

Mais je ne voyais rien d'autre que j'eusse pu faire.

15

Le parking où la compagnie Capital Car exposait ses voitures en vente s'étendait sur tout un bloc à la limite du quartier des affaires. Un vendeur m'indiqua un petit bureau en bois, entièrement entouré de voitures qui le dissimulaient presque à la vue. Je me présentai au directeur, un petit homme vif aux dents en or appelé Rivers.

– Oh, oui, bien sûr, dit-il aussitôt. Votre femme est venue l'acheter pour vous. Une dame très bien, très très bien. Vous voulez y jeter un coup d'œil ?

– Je pensais repartir avec, lui répondis-je.

– C'est comme vous voulez. Votre femme a dit que vous voudriez peut-être la laisser ici quelques jours. Pour une dame bien, c'est une dame bien.

– Bien, dis-je.

Je le suivis le long d'une file de voitures et, parvenus à mi-chemin, nous nous arrêtâmes devant un cabriolet Ford. Ce n'était pas une épave, et de loin, en dépit de la carrosserie terne et rayée. Les pneus étaient neufs. Je soulevai le capot et découvris un moteur aussi propre que s'il avait été récuré à l'eau et au savon.

– Une affaire que vous faites la, me déclara Rivers. C'est vrai quoi, j'aurais pu en tirer deux cents dollars ou deux cents vingt-cinq de cette bagnole, ce matin, si je l'avais pas déjà vendue. Y a une petite vieille qu'est venue la voir. Et elle s'y connaissait en bagnoles, ça se voyait.

Un adolescent noir, un employé de la compagnie, conduisit la voiture jusqu'à la maison de Doc.

Rivers le suivit dans un second véhicule afin de pouvoir le ramener en ville.

Je laissai le cabriolet et ma voiture de service le long du trottoir et pris la direction de la maison. Pendant que je gravissais les marches, le store vénitien de l'une des fenêtre de la façade remua, et lorsque j'ouvris la porte d'entrée, Mme Luther se tenait sur le seuil de son appartement.

Elle portait une robe d'intérieur en soie dont le haut était fait dans un tissu très léger. Elle me sourit et s'écarta, m'invitant à entrer chez elle.

– Eh bien, en voilà un vilain ! s'exclama-t-elle. Vous avez découvert notre petite surprise.

– Doc est-il là ? demandai-je.

– Oh, non. Il ne reviendra pas de la journée. Entrez. Tout en gardant mes distances avec elle, je pénétrai dans la pièce, m'arrêtant le plus près possible de la porte. Elle la referma, m'adressa à nouveau un large sourire grondeur et me conduisit à l'un des canapés rembourrés.

– Bien, dit-elle en me poussant sur le siège d'un geste taquin. Comment avez-vous fait ?

– Il ne fallait pas ?

– Bien sûr que non. Pas encore.

– Oh..., hésitai-je, eh bien, vous devez vous en douter, Mme Luther. Le Service des Routes et de la Voirie reçoit quotidiennement la liste des ventes de véhicules. J'y ai vu que j'étais propriétaire d'une voiture, alors je suis allé la chercher. Je n'aurais pas dû ?

– Eh bien... maintenant que c'est fait... Bien évidemment, nous avions l'intention de vous en faire cadeau pour votre anniversaire.

– C'était extrêmement gentil de votre part, dis-je,

mais je me demande si vous ne vous êtes pas trompés. Mon anniversaire tombe en mars, c'était il y a deux mois.

– Oh, *non !* s'exclama-t-elle. Et Doc qui pensait que c'était en mai !

– C'est vraiment dommage. Si Doc et vous souhaitez récupérer votre argent...

Elle secoua la tête de manière indécise. Elle était sûre que Doc ne voudrait pas en entendre parler. Je renouvelai mes remerciements d'une voix basse, me demandant ce qui pouvait bien se passer derrière ce visage insipidement beau.

Mai et mars. On pouvait facilement confondre ces deux mois. Et qu'une voiture me fût offerte en cadeau n'avait rien qui pût choquer eu égard à la générosité dont Doc avait fait preuve vis-à-vis de moi. Je n'avais pas besoin d'une voiture pour l'instant, mais les circonstances pouvaient évoluer et me la rendre nécessaire. Que pouvait-il donc bien y avoir dans tout cela qui dût attiser ma méfiance ?

Je levai soudain les yeux sur Lila Luther et surpris une expression étrange dans son regard. Quelque chose qui ressemblait à un mélange de honte et de désir. Je lui souris et elle me sourit en retour : un sourire timide, tandis qu'une légère rougeur montait à ses joues hâlées. Elle s'en rendit compte et essaya de la combattre.

Je tendis la main vers elle et laissai mes doigts glisser sur sa poitrine.

Elle eut un mouvement de surprise mais ne s'écarta pas. Elle s'assit et attendit en se mordant la lèvre.

– Vous ne vous ressemblez pas, Mme Luther, dis-je. Ou alors c'est maintenant que vous êtes vous-même. C'est forcément l'un ou l'autre.

– Je... je ne comprends pas ce que vous voulez dire. (Je voyais bien que son esprit battait la campagne, qu'elle essayait à la fois de réfléchir et de s'empêcher de le faire). Vous n'avez aucun droit de me questionner de la sorte !

– Vous m'avez fait avance sur avance, et ni le lieu ni le moment ne semblaient vous préoccuper outre mesure. Ensuite, Hardesty vous a ordonné de garder vos distances et vous avez obéi. Vous ne vous attendiez pas à ce que ce soit moi qui me montre entreprenant. Et vous ne savez plus ce que vous devez faire maintenant que j'ai pris les devants.

– Je... (Ses yeux devenaient vitreux). Je sais parfaitement ce que je dois faire.

– Crachez le morceau, alors ! On vous a dit de me faire des avances. On vous a dit d'arrêter. Dans quel but ?

Elle ne répondit rien. Elle se glissa plus près de moi ; ses lèvres s'écartèrent et ses cils battirent langoureusement. On aurait dit qu'elle avait inspiré profondément et qu'elle retenait sa respiration.

Si elle jouait la comédie, elle se défendait bien. Je décidai d'en avoir le cœur net et de savoir jusqu'où elle était capable d'aller. J'agrippai de mes deux mains le haut de sa robe et tirai d'un coup sec vers le bas.

L'étoffe se déchira comme du papier et elle se jeta contre moi, m'entourant de ses bras et s'écriant :

– P-Pat ! Oh, Pat...

C'était presque un sanglot, un cri vibrant et hystérique, passionné.

Je la laissai m'attirer sur elle sans résister.

Nous étions toujours allongés l'un contre l'autre mais je réfléchissais. Ses cheveux blond cendré frôlaient mon visage de leur caresse humide, ses lèvres couraient entre mes oreilles, déposant baisers et mots murmurés, et son corps doux et épanoui recommença à se mouvoir de manière suggestive.

Mais je réfléchissais.

Et si Doc entrait maintenant dans la pièce, me disais-je. Si la porte s'ouvrait et...

Et la porte s'ouvrit.

Sur la table basse, une brosse à cheveux au dos argenté refléta l'image de la porte en train de s'ouvrir. L'image de Doc.

Puis, aussi doucement qu'elle s'était ouverte, elle se referma.

Elle se referma ; et, sans faire de bruit, la porte grillagée donnant sur l'extérieur s'ouvrit et se referma.

Quelques secondes plus tard, j'entendis le ronronnement discret d'un moteur lointain. De plus en plus lointain.

Doc, qui était fou de jalousie, nous avait vus comme ça, *comme ça !* et il était reparti.

Tout s'était passé en quelques secondes, une minute au plus. Trop rapidement pour que la frayeur ou la crainte s'ensuivent. Et Lila Luther n'avait rien vu ni rien entendu.

Je me redressai. La frayeur commençait enfin à s'emparer de moi. Une sensation de froid et de faiblesse monta dans ma poitrine et dans ma gorge, et une sueur glacée perla sur mon front.

– Chéri ! (Elle se redressa, l'anxiété et le désir mêlés sur son visage). Qu'est-ce qui se passe ?

– Je n'en sais rien, répondis-je. Je me suis senti pas très bien, tout à coup.

– Il vaudrait peut-être mieux que tu partes, murmura-t-elle. Et c'est ce que je fis.

Je voulais tout lui dire, tout lui expliquer, et la raison devenue déraison me souffla de me taire. Peut-être était-il préférable qu'elle ne sache rien. Peut-être cela précipiterait-il la crise à venir si elle savait. J'en ignorais le pourquoi et le comment, mais je sentais le danger. Je ne pouvais pas lui faire confiance. Elle m'avait menti au sujet de la voiture. Elle m'avait menti, au propre et au figuré, du jour où j'avais mis le pied dans cette maison. Elle savait ce qui se passait alors que moi je l'ignorais, et si je lui disais ça...

Je ne savais pas. Je ne savais pas ce qui risquait de se produire. Mais je n'avais pas du tout l'intention de tout lui raconter pour l'apprendre.

16

Sur la porte en verre dépoli se lisait l'inscription suivante :

E.A. Eggleston
Enquêtes

L'agence se trouvait dans un vieil immeuble de quatre étages situé près du marché.

Je m'étais dit que s'il était installé à cet endroit-là, c'était qu'il ne pouvait pas être très fort. Il n'avait pas besoin de l'être pour découvrir ce que je souhaitais savoir, et je ne tenais pas à aller trouver quelqu'un qui fût particulièrement intelligent car il ne manquerait pas d'avoir des idées et d'essayer de voir jusqu'où elles pouvaient le mener.

C'était un grand gaillard au visage maigre et à l'air endormi. Ses chaussures éraflées, à semelles de crêpe, reposaient sur son bureau lorsque je pénétrai dans la pièce, et ses mains osseuses étaient croisées sur son estomac. Un chapeau gris en mauvais état était ramené sur ses yeux.

Durant la demi-heure environ que je passai avec lui, il ne releva pas son chapeau ni ne changea de position.

– Cosgrove, répéta-t-il d'un voix grave et basse. Et qu'est-ce que vous faites dans la vie ?

– Est-il bien nécessaire que je vous le dise ? demandai-je.

– Faut bien que je sache si quelqu'un peut avoir intérêt à vous tuer ; si vous êtes dans une branche qui, disons, pourrait souffrir de votre absence permanente et définitive.

– Non.

– Des dettes importantes envers quelqu'un ? Cela représenterait une grosse perte pour quelqu'un si vous cassiez votre pipe !?

– Non.

– Ni personnes à charge, ni parents proches ? Pas marié ?

– Non.

– Mais vous pensez que quelqu'un pourrait vous avoir assuré à votre insu.

– Je... oui.

– Pourquoi ?

– Eh bien, je ne crois pas vraiment que ce soit le cas, expliquai-je. L'idée m'en est seulement venue.

Il garda le silence pendant une minute au moins. Enfin, alors que je commençais à me dire qu'il avait dû s'assoupir, il reprit :

– Une fois, je suis allé chez le dentiste pour me faire arracher une dent. Je savais que celle qu'il fallait m'enlever allait me faire un mal de chien alors je lui en ai désigné une autre. J'ai bien l'impression que vous êtes à peu près aussi futé que je l'ai été ce jour-là.

J'éclatai de rire.

– Je n'ai aucune raison de vous mentir délibérément, Eggleston. Il y a des gens à qui ça pourrait faire beaucoup de peine d'apprendre que je me livre à une enquête de ce genre. Je ne peux pas courir le risque qu'ils l'apprennent.

– Oui ?

– Il y a environ un mois, quelqu'un que je ne nommerai pas m'a rendu un service qui lui a coûté fort cher. Et depuis, cela s'est répété à plusieurs reprises. Je n'avais jamais rencontré cette personne auparavant et je ne vois absolument pas comment je pourrais faire pour que cet investissement lui rapporte quelque chose. A moins qu'on ne m'ait assuré sur la vie.

– Vous avez demandé à cette personne pourquoi il ou elle vous avait rendu les dits services ?

– Pas directement. Il allait de soi que c'était là pure philantrophie. Ce qui ne correspond pas à ce que je sais de cette personne.

Il restait assis, immobile et silencieux, les yeux fixés sur ses mains.

– J'ai pensé qu'il devait exister une sorte de cabinet général des assurances qui pourrait vous communiquer cette information. Sans, bien entendu, que cette personne n'apprenne que je me suis renseigné.

– Hum, fit-il. Il va vous en coûter vingt dollars, M. Cosgrove.

– C'est tout à fait raisonnable, répondis-je en prenant un billet de vingt dollars que je posai sur son bureau.

Il souleva légèrement l'un de ses pieds et, posant le talon sur le billet, l'attira vers lui.

– Personne ne vous a assuré sur la vie, M. Cosgrove. C'est tout ce que vous vouliez savoir ?

– Dites donc, m'insurgeai-je. Je vous ai payé pour obtenir un certain renseignement.

– Qui vous a été communiqué, et de très bonne source. J'ai beaucoup travaillé dans les assurances. Personne n'a pris de police d'assurance vous concernant... Si tant est que vous m'ayez dit la vérité.

– Je vous ai dit la vérité, mais...

– Pour que quiconque puisse assurer un tiers, il faut qu'il puisse faire état de ce que l'on appelle un intérêt assurable. Il doit établir de manière tout à fait satisfaisante qu'il n'a rien ou pas grand chose de plus à gagner au décès de l'assuré qu'il n'ait déjà son existence dût-elle se poursuivre. La mort de l'assuré doit constituer une perte au niveau sentimental, comme dans le cas d'un mari et de sa femme, financier, ou les deux à la fois. Personne, semble-t-il, ne possède par rapport à vous d'intérêt assurable...

Apparemment, il n'avait pas grand chose d'autre à faire que de dormir, et les assurances étaient sa marotte. Il continua de discourir pendant presque un quart d'heure, ne bougeant pratiquement pas et ne laissant quasiment aucune inflexion rompre le débit monotone de sa voix grave et basse ; et, ce faisant, couvrant tous les aspects de ce métier qui pouvaient, de près ou de loin, me concerner.

Il s'arrêta enfin et je me levai.

– A propos, M. Gosgrove...

– Oui ?

– Quiconque manifeste un degré d'instruction aussi évident que le vôtre aurait dû savoir qu'il n'était pas assuré. Quiconque met un tant soit peu le nez dehors le saurait.

– Ça doit être que je ne mets pas souvent le nez dehors.

– C'est ce que je me disais.

– D'après ce que je savais avant, repris-je, j'étais à peu près certain de ne pas être assuré, mais je me suis dit que les choses avaient peut-être été modifiées dans un passé récent.

– Pas si récent que ça, M. Cosgrove. Vous êtes encore jeune. Vous n'avez pas pu être hors circulation si longtemps.

– Au revoir, dis-je.

– Vous connaissez cette personne depuis un mois environ, poursuivit-il de sa voix monocorde. Elle vous a rendu un grand service. Et vous vous méfiez. Pourquoi ne quittez-vous pas le voisinage de cette personne ? Ou l'état, d'ailleurs ?

Je fis halte et me retournai. Il hochait la tête d'un air somnolent.

– Vous ne pouvez pas partir, n'est-ce pas ? C'est ça. Oui. Vous ne pouvez pas partir. Je commence à penser que votre méfiance pourrait bien être tout à fait justifiée. Un autre billet de vingt, s'il vous plaît.

Je revins vers son bureau et y déposai un second billet de vingt dollars. Il le coinça sous son talon.

– Combien de temps y êtes-vous resté, M. Cosgrove ?

– Quinze ans d'une peine pouvant aller de dix ans à perpétuité.

– Et vous ignoriez tout de la personne qui a obtenu votre libération conditionnelle... ou disons, qui l'a achetée ?

– Vous ne vous trompez en aucune manière.

– Vous non plus, M. Cosgrove. Vous avez de sérieuses raisons de vous inquiéter. Cela n'aurait rien coûté de plus et n'aurait pas été plus difficile d'obtenir votre réhabilitation. Et avec une réhabilitation, vous auriez pu partir... bien loin de la zone d'influence de votre bienfaiteur. Ce n'est pas un philantrope.

– Au revoir, répétai-je.

– Bon.

Il hocha la tête, parut s'assoupir, et je sortis.

D'autres renseignements... dont je ne savais quel usage faire.

17

L'une des pires choses que la prison puisse vous faire, c'est de vous inculquer le sentiment d'être perpétuellement en faute ; que les autres sont habilités à faire de vous ce qu'ils veulent alors que tout ce que pouvez faire, vous, que ce soit par erreur ou non, est absolument inexcusable.

Tel était le sentiment que je ressentais vis-à-vis de Doc et des circonstances dans lesquelles il nous avait surpris, Lila et moi. J'avais désormais la certitude que l'on m'obligeait à œuvrer à l'encontre de mes intérêts. J'étais sûr de ne rien lui devoir, excuses comprises. Et pourtant, je me sentais quand même coupable. C'était ainsi et je n'y pouvais rien.

Ce soir-là, je me gardai de rentrer avant qu'il fût pratiquement minuit, et je repartis tôt le lendemain. Le soir venu, mon sentiment de culpabilité s'était quelque peu atténué. J'avais toujours mauvaise conscience mais j'espérais bien que, s'il s'en rendait compte, il attribuerait cela à l'histoire de la voiture.

J'abordai le sujet dès qu'il arriva dans ma chambre.

– Hum, fit-il en hochant la tête d'un air pensif. J'aurais dû me douter que Myrtle allait consulter les registres officiels.

– Ce qui ne m'empêche pas de vous en être très reconnaissant, dis-je.

– N'en parlons plus, Pat. Nous essaierons de faire mieux l'an prochain.

Il me laissa après avoir rapidement vidé un verre en ma compagnie. Je me laissai tomber sur mon lit avec un sentiment de soulagement qui me rendit haïssable à moi-même.

Willie vint récupérer mon assiette et mes couverts, et j'essayai de me persuader que c'était lui et non Doc qui nous avait surpris, Lila et moi. Il avait toutes les raisons de se trouver dans la maison alors que Doc n'en avait aucune .

Mais je n'étais pas dupe. Il s'était bien agi de Doc. Il s'était dit que j'allais rentrer à cause de la voiture. Probablement m'avait-il suivi depuis le parking de la compagnie. Et quand il nous avait vus, Lila et moi...

Pourquoi n'avait-il pas réagi comme il aurait dû le faire, comme aurait réagi le Doc fou de jalousie que je connaissais ? Avait-il l'intention de régler ses comptes par la suite, au moment où je m'y attendrais le moins ? Ou s'était-il abstenu de réagir pour des raisons purement pratiques... parce que s'il laissait exploser sa colère cela risquait de faire échouer le plan dans lequel j'avais mon rôle à jouer ?

Ce pouvait être pour l'une ou l'autre de ces raisons, ou pour les deux à la fois. Ou ce pouvait être (je me redressai soudain dans mon lit), *ce pouvait être parce que Doc se moquait en fait éperdument de sa femme ; parce que c'était sa jalousie qui était feinte !*

Je me levai et arpentai la pièce dans un état de grande fébrilité, touchant presque à la solution de l'énigme.

C'était bien cela, il avait joué la comédie ! En me remémorant ce qui s'était passé je me rendais maintenant très bien compte de toute cette tromperie ; il en avait vraiment beaucoup trop rajouté. Il était toujours là à arriver au plus mauvais moment. Et Lila qui, avec une arrogance outrée, l'accablait de ses sarcasmes. Qui lui expédiait son whisky en pleine figure.

Ils étaient de très mauvais acteurs mais j'avais marché. Et cela m'avait fait une telle impression que j'avais craint que Doc ne révoque ma libération conditionnelle. Je m'en étais confié à Hardesty, lui avais laissé entendre que je pouvais bien essayer de filer et, aussitôt, ils avaient arrêté leur cirque. Ils ne voulaient pas que je m'en aille. Ils avaient seulement échafaudé tout cela afin que je me représente Doc sous un certain jour.

Tout concordait. Hardesty avait dit à Doc comment je réagissais, et Doc avait ordonné à Lila de me laisser tranquille. La veille, il m'avait suivi jusqu'à la maison pour me rassurer au cas où Lila ne parviendrait pas à le faire. Et lorsqu'il s'était rendu compte qu'apparemment elle faisait plus qu'y parvenir, il s'était tranquillement éclipsé.

Mais Hardesty, dans tout ça ? Pourquoi, alors qu'il se méfiait de Doc et le haïssait de manière aussi évidente, lui avait-il fait part de ma visite ? Il voulait que je partage sa méfiance et sa haine de Doc. Il avait l'intention de me conditionner pour me monter contre lui. Telle était la réponse qui m'apparaissait : de son point de vue à lui, je n'étais pas encore prêt. Je n'étais pas encore utilisable. Et jusqu'à ce que je le sois, sa préoccupation première était de m'empêcher de faire quoi que ce fût qui pût entraîner ma réincarcération à la prison de Sandstone.

Myrtle Briscoe... je m'arrêtai de faire les cent pas et me rassis. Myrtle. Elle se servait de moi pour coincer Doc. J'étais la corde qu'elle lui tendait pour qu'il se la passe lui-même autour du cou.

Et Doc... Doc avait prévu qu'elle apprendrait l'existence de la voiture, et il avait deviné quelle serait sa réaction. Lui aussi donnait du fil. Il était sûr de pouvoir la ferrer avant qu'elle ne le fasse.

Et Mme Luther ? Etait-elle de mèche avec l'un des trois ou avait-elle, elle aussi, son propre plan ?

Et Madeline... ?

Non, pas Madeline. Je n'avais jamais ressenti le moindre doute par rapport à elle. Mon instinct ne me disait qu'une seule chose à son égard : que c'était quelqu'un de bien et qu'elle m'aimait. Si là-dessus je me trompais, alors je me trompais sur tout le reste. Et c'était peut-être le cas.

Il n'y avait rien dont je puisse être sûr. Tout ne reposait que sur des suppositions. Des suppositions qui, lorsqu'on les analysait d'un peu près et qu'on essayait de les pousser un peu plus loin, devenaient ridicules.

Si Eggleston se trompait sur la remise de peine, la plupart de mes conjectures s'écroulaient. Doc pouvait très bien être mon ami. Il se pouvait fort bien qu'il se fût aperçu que nous nous trouvions entraînés vers une situation dangereuse et qu'il tentât de l'éviter coûte que coûte.

Mais non, bon Dieu. Cela ne tenait pas debout. Cela...

Je capitulai. Je me déshabillai et me mis au lit. Oui, et je m'endormis. A chacun ses limites et, pour ce qui est de la réflexion, j'avais dépassé mon quota.

Le lendemain était le premier jour de ma seconde période d'un mois sous libération conditionnelle. D'un drugstore, j'appelai le bureau de Myrtle

Briscoe et lui demandai à quelle heure je devais me présenter. Elle me répondit d'un ton péremptoire qu'il n'était pas nécessaire que je vienne... à moins que je n'aie quelque chose de particulier à lui dire.

Je lui répondis que ce n'était pas le cas. Elle me raccrocha au nez.

Il n'était guère plus de neuf heures lorsque j'arrivai chez Madeline, et elle était encore au lit. Au lieu de venir jusqu'à la porte du salon, elle passa la tête par l'autre porte, celle de sa chambre.

Elle la referma derrière moi, m'étreignit avec une ardeur impétueuse et replongea sur son lit. Elle portait une culotte-short blanche et un chandail blanc sans manches.

Elle s'allongea sur les oreillers, leva les jambes à la verticale et m'adressa un grand sourire espiègle.

– J'ai bien l'impression que je vais passer la journée au lit, m'annonça-t-elle.

– Toute seule ? demandai-je.

– J'ai bien l'impression que non.

Elle laissa retomber ses jambes, s'assit et bâilla avant d'ajouter :

– Je suis fa-ti-guée. Fais-moi un café, tu veux, chéri ?

– Entendu.

– Je vais enfiler quelque chose pendant que tu as le dos tourné. Ça t'évitera d'avoir de mauvaises pensées.

Je l'assurai que cela ne m'arrivait jamais et me rendis dans la cuisine.

Je préparai la cafetière et glissai deux tranches de pain dans le grille-pain. Pendant qu'elles grillaient, je disposai une serviette de table sur un plateau, posai dessus la marmelade et le beurre puis coupai une orange en tranches. Le tout ne me prit pas plus de cinq minutes. J'avais un certain entraînement pour lui préparer son petit déjeuner.

Je me saisis du plateau et m'apprêtai à retourner dans sa chambre. Et c'est alors que je me figeai sur place, dans la cuisine, les yeux écarquillés. La porte de sa chambre était restée ouverte, ainsi que je l'avais laissée, et je voyais Madeline presque aussi bien que si je m'étais trouvé dans la pièce avec elle. Et ce que je voyais fit courir un frisson glacé le long de mon échine.

Son short et son pull-over étaient par terre à ses pieds. Elle avait enfilé un slip de couleur blanche en tissu léger et ses mains étaient derrière son dos, occupées à agrafer son soutien-gorge. Elle était totalement perdue dans ses pensées. Mais elle ne pensait pas à ce qu'elle était en train de faire. Elle pensait à quelque chose (ou à quelqu'un), et ces pensées n'avaient rien de plaisant, c'était le moins que l'on puisse dire.

Toujours, jusqu'alors, même lorsqu'elle était sérieuse, elle s'était montrée gaie, enjouée et de bonne humeur. Je ne l'avais jamais vue autrement. *Elle ne m'avait jamais laissé la voir autrement.* Et maintenant, il ne restait pas la moindre trace de cette gaieté ni de cette bonne humeur. J'avais peine à croire que c'était la même jeune fille, la même femme, que je contemplais maintenant, cette femme dont le visage était un masque de haine, hideux et sinistre.

Je reculai dans la cuisine et attendis une minute ou deux. Puis je me mis à siffloter et repris la direction de sa chambre.

– Eh bien, me dit-elle lorsque je déposai le

plateau sur un petit meuble. Qu'est-ce qui t'a pris si longtemps ?

– Oh, je ne me suis pas pressé, répondis-je d'un air dégagé. Je ne voulais pas te surprendre déshabillée.

– Oh non, bien sûr. Loin de toi cette idée.

Je versai le café et m'assis sur le lit. Elle avait enfilé un pantalon et un pull et était appuyée contre les oreillers, genoux repliés.

– C'est bon, dit-elle en mordant dans l'une des tranches d'orange. Très bon.

Pour la première fois depuis que je l'avais rencontrée, j'avais du mal à lui dire quelque chose. A répondre à sa conversation espiègle et superficielle. Tout cela était grotesque à la lumière de ce que je venais de voir. J'avais l'impression que l'on m'entraînait à participer à un jeu tandis que des flots en furie menaçaient de me submerger.

Elle acheva de manger et je lui allumai sa cigarette. Ma main trembla un peu lorsque je lui tendis l'allumette, et elle la saisit pour la stabiliser.

– Mais qu'est-ce que tu as, ce matin, Pat ?

– Comment, qu'est-ce que j'ai ?

Elle ne répondit pas. Elle se contenta de se réadosser et d'attendre, ses yeux marrons ne trahissant rien de ses pensées.

– Je suis un peu inquiet, dis-je. C'est peut-être pour ça.

– Inquiet ? Pourquoi ?

– A cause de ce qui va m'arriver. A cause de ce qui est en train de m'arriver en ce moment.

– De ce qui est en train de t'arriver ?

– Oui.

Et je lui parlai de la voiture et de ma discussion

avec Myrtle Briscoe. A un certain point de mon récit, elle se redressa brusquement et me saisit les doigts.

– Pat, me dit-elle. Est-ce que tu avais envisagé d'en parler à Myrtle ?

– Oui, répondis-je en la regardant droit dans les yeux. J'ai envisagé de lui parler de tout. De tout et de tout le monde. Ça aurait peut-être pour résultat de me faire ré-expédier à Sandstone, mais j'ai l'impression que je ne serais pas le seul à faire le voyage.

– Peut-être. (Elle lâcha mes doigts). Pourquoi ne le fais-tu pas ?

Sa voix était neutre, son regard aussi assuré que le mien. J'avais lancé une menace, et ce que cela me rapportait, je l'ignorais. Un conseil... ou une autre menace.

– Je m'excuse, dis-je. Tu es la seule personne que je connaisse à laquelle je puisse me confier, et cela ne semble pas servir à grand chose. Je ne vois pas pourquoi il devrait en être autrement, bien sûr, pourquoi tu m'aiderais...

– Tu penses vraiment ce que tu dis, Pat ?

– Je ne sais pas ce que je pense.

– Non. Et ce n'est pas la peine d'aller chercher ailleurs la réponse à tous tes problèmes. Tu ne vois que tes propres problèmes, par ceux des autres. Tu ne fais confiance qu'à toi et pas aux autres. Le fait que je ne veuille pas te dire tout ce que je sais tu l'interprètes comme une preuve que je suis contre toi. Tu es incapable de voir plus loin que ça.

– Ce n'est pas ce que je pense.

– Mais si, Pat. Et tu as tort. Je ne t'ai rien dit de plus parce que d'en apprendre davantage ne serait pas une bonne chose pour toi. Tu te retrouverais confronté à quelque chose qui te dépasse largement.

– Alors je suis censé rester assis à ne rien faire ?

– C'est à peu près ça. (Son visage s'adoucit). Ça ne peut pas être autrement pour l'instant, chéri. Dès qu'il y aura quelque chose à faire, je te le dirai.

Elle serra ma main dans la sienne puis se redressa et me prit dans ses bras. Elle m'attira avec elle sur les oreillers, sa joue tout contre la mienne, ses lèvres murmurant à mon oreille.

– Pauvre petit Pat aux cheveux roux. Il ne faut plus qu'il se fasse de souci. Très bientôt maintenant... tous ses ennuis seront finis.

18

Le piège se refermait, j'en étais bien conscient ; j'avais l'impression que tout se précipitait sur moi de tous les côtés à la fois.

Le lundi matin, je passai par le capitole pour y déposer une pile d'imprimés à l'intention de Rita Kennedy. Ils ne servaient à rien, bien sûr, mais il fallait préserver les apparences. Aussi solidement enracinés que le fussent les membres du Service des Routes et de la Voirie, ils n'en étaient pas moins déterminés à ne prendre aucun risque en cette année électorale.

Rita Kennedy n'était pas là, mais elle avait laissé un message stipulant qu'elle désirait me voir. Je passai la journée à lire et à parcourir les rues en voiture, puis retournai au capitole en fin d'après-midi.

Avec un petit sourire pincé, Rita s'empara des imprimés que je lui tendais.

– J'espère, Pat, que cela n'a pas dérangé vos plans de ne pas m'avoir trouvée ici ce matin ?

– Absolument pas.

– Je suis heureuse de l'apprendre. Est-ce qu'il pleut dehors ?

Je lui répondis que oui.

– En tout cas, ça commence, précisai-je.

– Ah, zut, s'exclama-t-elle. Je ne vais jamais réussir à trouver un taxi à cette heure-ci. Et, bien sûr, il faut que ça tombe juste le jour où je n'ai pas pris mon parapluie.

– J'ai ma voiture dehors. La voiture du service, je veux dire. Si vous voulez que je...

– Oh oui, dit-elle aussitôt. Décrochez-moi mon manteau pendant que je boucle le bureau. J'ai hâte de m'en aller.

Je l'aidai à enfiler son manteau et elle me serra discrètement le bras lorsque nous franchîmes la porte. Elle garda son bras glissé sous le mien jusqu'au bout du couloir, puis, dehors, jusqu'à la voiture. Et on ne pouvait pas dire qu'elle évitait tout contact.

– Cela fait un moment que j'ai l'intention d'avoir une petite conversation avec vous, Pat, dit-elle lorsque je démarrai. Pouvez-vous parler en conduisant ?

– Oui, certainement, répondis-je.

– Je ferais peut-être mieux de ne pas vous l'imposer. Toute cette circulation me rend nerveuse et la pluie n'est pas faite pour arranger les choses. Nous allons attendre d'être arrivés à mon appartement.

– Très bien, dis-je.

– Vous n'êtes pas obligé de rentrer tout de suite ?

– Absolument pas.

– On va faire comme ça, alors. Je ne vous retiendrai pas longtemps.

– De toutes façons, ça ne me dérange pas.

– Non, pas longtemps. Ne parlez plus maintenant, je vous en prie.

Elle me donna son adresse et je gardai le silence pendant tout le trajet. Je me garai devant un grand immeuble d'habitation et un portier vint nous escorter jusqu'à la porte d'entrée avec un parapluie. Un ascenseur nous fit grimper à toute vitesse jusqu'à l'un des derniers étages du bâtiment.

J'ignore combien il y avait de pièces dans son appartement. Ce que je sais, c'est qu'il devait être immense et coûter fort cher. C'est le genre d'endroit où l'on aime vivre quand on apprécie les belles choses et que depuis longtemps déjà on a suffisamment d'argent pour s'en offrir.

Une domestique noire portant bonnet de service blanc nous débarrassa de nos affaires, et Rita me demanda ce que je souhaitais boire.

– Un whisky me conviendrait parfaitement.

– La même chose pour moi... Pat, installez-vous ici près du feu.

Je m'assis dans un fauteuil en face de l'âtre tandis qu'elle venait se poster près du manteau de la cheminée après s'être arrêtée un instant pour déplacer légèrement un vase sur le piano à queue. Lorsque nos whiskies nous eurent été apportés, elle leva son verre en m'adressant un signe de tête avant de le porter à ses lèvres, puis elle le reposa, presque vide.

– Mon petit doigt me dit que ça n'a rien à voir avec ce qu'on vous sert à Sandstone.

– Oui, dis-je. C'est vrai.

– Ne soyez pas aussi chatouilleux là-dessus. Nous avons épluché votre dossier très attentivement, Pat. Croyez-le ou non, nous sommes très prudents en ce qui concerne les gens que nous faisons rentrer dans notre service.

– La preuve, dis-je, et elle pouffa de rire.

– Je crois que vous allez bien vous en tirer, Pat. Si vous voulez vous montrer raisonnable. Vous êtes-vous déjà trouvé un nouveau protecteur ? Burkman est fini, vous le savez.

– Non, dis-je, je ne le savais pas.

– Oh, si. Perdre les élections n'est plus qu'une simple formalité. Nous n'en étions pas absolument sûrs lorsque nous vous avons engagé, et nous ne mettons personne au placard tant que nous ne sommes pas absolument sûrs de nous. Heureusement pour vous et pour beaucoup d'autres.

– Je..., commençai-je.

– Notre service est le plus important de tous ; c'est nous qui avons le plus d'emplois à distribuer. Ce qui nous permet à nous (la poignée de personnes qui dirigent), de nous maintenir en place. Si nous repérons un candidat possible, nous pouvons fort bien lui proposer notre soutien quand bien même l'élection ne serait que dans un an. Lorsque nous voyons que quelqu'un se trouve sur la pente descendante, nous nous débarrassons de lui. Nous fichons ses protégés à la porte. Nous le coulons auprès de ses propres partisans puis nous accueillons son successeur. Nous nous sommes débarrassés de Burkman.

– Et vous... fichez ses protégés à la porte ?

– C'est déjà fait. Tous, sauf vous. J'ai pensé que nous pourrions conclure un marché avec vous.

– Quel genre de marché ? demandai-je.

– Votre travail contre certains renseignements.

– Je n'ai pas de renseignements à vous donner qui pourraient vous être utiles.

– Je suis probablement meilleur juge que vous en la matière. Nous sommes curieux. Nous pensons qu'il y a peut-être anguille sous roche et nous ne pouvons pas le vérifier. Doc s'est donné beaucoup de mal pour vous. Il est très fort quand il s'agit de dresser les gens les uns contre les autres pour tirer ensuite les marrons du feu. Qu'en pensez-vous ?

Je secouai la tête ; je la connaissais à peine. Tout cela était beaucoup trop brusque et m'entraînait beaucoup trop loin.

– Je n'en pense rien, répondis-je. Et de toutes façons je ne pourrais rien vous dire. C'est Doc qui m'a fait sortir de Sandstone.

– Et il pourrait vous y renvoyer ?

– Oui. Mais mes amis n'ont pas besoin de me menacer pour m'empêcher de les trahir.

Elle hocha la tête avec un petit sourire comme si elle s'était attendue à m'entendre lui répondre de la sorte.

– Je suis persuadée qu'un petit séjour au pénitencier ne ferait pas de mal à bien des gens de ma connaissance, Pat. Bon, vous pouvez garder votre travail quand même. Un autre verre ?

– Non, merci. Et vous feriez peut-être mieux de ne pas me laisser ce travail.

– Allons donc, dit-elle, vous dramatisez ; si vous pouvez dénicher là-bas le moindre renseignement de valeur, j'accepte d'en partager les bénéfices avec vous. Non. La seule façon dont vous pourrez aider Doc se sera en lui donnant une partie de votre salaire.

– Je serai heureux de le faire, l'assurai-je.

– Vous avez donc l'intention de demeurer avec nous. Je me le demandais. Voyez-vous, nous surveillons de près les ventes de véhicules. Je me suis dit que vous aviez peut-être l'intention de partir.

– Non, Mademoiselle, dis-je. C'est une vieille voiture. Je l'ai juste achetée pour me balader.

– Ah bon ? J'avais cru comprendre que vous gardiez la voiture du service, le soir.

– Oui, dis-je. Ce que je vais sûrement faire, c'est retaper celle que j'ai achetée pendant mes loisirs pour la revendre ensuite.

– Je vois.

– Il m'est impossible de partir, Mlle Kennedy. Ma libération conditionnelle me l'interdit.

– C'est bien ce que j'avais compris. Je me demandais s'il en allait de même pour vous. Vous auriez beaucoup à perdre à partir, Pat. Qu'est-ce que vous auriez à y gagner ?

– Rien. Je n'ai pas l'intention de partir.

Elle sourit, secouant légèrement sa tête aux cheveux gris.

– Avez-vous lu un livre qui s'appelle *Sapho,* Pat ?

– Non... oui. C'est d'Alphonse Daudet, non ?

– Le héros de ce livre était également soumis à des contraintes sévères, si vous vous en souvenez bien. Sa carrière, l'honneur de sa famille. Et tout ce qu'il avait à gagner c'était une femme de mauvaise vie. Exceptionnellement belle, c'est un fait... mais ne le sont-elles pas toutes aux yeux des hommes qui tombent amoureux d'elles ?

– Je ne comprends pas de quoi vous voulez parler.

– Je suis en train de vous parler de Mme Luther.

– Oh, fis-je.

Et je crois bien qu'en mon for intérieur je poussais un soupir de soulagement.

– Il serait très facile pour vous de tomber amoureux d'elle. Je vous comprendrais très bien.

– Mais ce n'est pas le cas.

Il était impossible que quelqu'un lui eût raconté quoi que ce fût. Si de tels bruits couraient, s'ils étaient déjà parvenus à ses oreilles...

– Quelle serait votre réaction si je vous traitais de menteur ?

– Eh bien, dis-je, venant de vous, je l'accepterais.

– Considérez-vous le pour dit, alors. Vous êtes un menteur de la pire espèce.

– D'accord, dis-je.

– Si j'étais vous, je réfléchirais très sérieusement. Doc ne m'a jamais fait la moindre impression si ce n'est celle de vous filer entre les doigts ; mais cette femme-là lui en a fait voir de toutes les couleurs et il ne la laissera pas lui échapper aussi facilement. Tout homme possède son *punctum caecum ;* une chose pour laquelle il est prêt à tuer. Laissez Mme Luther tranquille. N'ayez rien à voir avec elle et ne la laissez pas avoir quoi que ce soit à voir avec vous.

– Peut-être, commençai-je d'un ton hésitant, peut-être que je ne vois pas très bien où vous voulez en venir, Mlle Kennedy. Mme Luther a un peu tendance à flirter avec les hommes, que cela les intéresse ou non.

– Ce n'est pas ce que je veux dire.

– Ah bon...

– Voulez-vous boire autre chose ? Il va falloir que j'aille me préparer dans cinq minutes.

– Non, je vous remercie. (Je me levai). Je vous suis reconnaissant de m'avoir parlé ainsi, Mlle Kennedy. Mais on dirait que vous avez entendu dire quelque chose de faux, tout simplement. Quelqu'un vous a parlé de moi en des termes inexacts.

– Personne ne s'avise de jouer à ce jeu-là avec moi.

– Ecoutez, je comprends très bien que vous n'ayez pas envie de prendre des risques. Mais s'il y a des bruits qui courent...

– Bonsoir, Pat. Cette conversation était strictement entre nous. Vous n'avez aucune raison de vous inquiéter pour ça.

– Quelle raison aurais-je de m'inquiéter ?

– Bonsoir.

Elle souriait, mais il y avait des accents de colère dans sa voix ; ou, pour être plus exact, d'agacement. C'était presque comme si elle avait dit « Bon Dieu ! ».

Je redescendis par l'ascenseur et sautai dans ma voiture, claquant la portière derrière moi. Il était tard maintenant et la pluie rendait la nuit plus noire encore. Je ne me rendis pas compte de sa présence avant qu'il n'eût parlé... avant qu'une allumette n'eût été grattée puis approchée de son visage caché sous le bord rabattu de son chapeau.

19

Je le reconnus juste à temps pour ne pas lui envoyer mon poing dans la figure. Ou plutôt, pour retenir le geste que je venais d'ébaucher.

– Voilà un bon moyen de se faire tuer, M. Eggleston, lui dis-je.

– Les bons moyens de se faire tuer, ça n'existe pas, M. Cosgrove. Néanmoins, je comprends ce que vous voulez dire. Je ne m'étais pas rendu compte que j'étais aussi peu visible.

– Comment m'avez-vous trouvé ?

– Trouvé ? Vous voulez dire que vous essayez d'éviter qu'on vous trouve ?

– Vous savez bien ce que je veux dire.

– Oui. Eh bien, on ne peut pas dire que la difficulté de la tâche ait sérieusement mis à l'épreuve mes capacités professionnelles. Quiconque avait obtenu votre libération conditionnelle se devait d'avoir de puissantes relations dans le monde politique. Ces relations devaient presque certainement avoir été mises à contribution pour vous permettre d'obtenir du travail. Quelques heures de surveillance, quelques petites démarches discrètes... et me voici.

– Vous m'avez suivi depuis le capitole.

– Exact. J'ai pensé que cela vaudrait mieux que, disons, de vous rendre visite chez le docteur Luther.

Je tournai la clef de contact et appuyai sur l'accélérateur. Sa cigarette décrivit un arc de cercle pour atterrir sur le plancher de la voiture et je l'entendis l'écraser sous son talon. J'entendis également autre chose.

– Vous avez l'intention d'aller quelque part, M. Cosgrove ?

– Je pensais que nous pourrions aller dans un endroit où nous pourrions discuter.

– Nous pouvons très bien discuter ici. Mais démarrez si vous voulez. J'espère seulement que vous ne tenterez rien qui m'oblige à vous descendre.

– Bon sang, dis-je en riant avant d'arrêter le moteur. Pourquoi ferais-je une chose pareille ?

– Parce que vous pourriez avoir le sentiment que je représente pour vous un danger, alors qu'en réalité je vous sers d'armure et de bouclier. J'ai bien davantage que mon seul silence à vous vendre. Quelque chose de bien plus précieux, à tous points de vue.

– Je vous écoute.

– Une question ou deux, d'abord. Et je vous en prie, dans votre propre intérêt, montrez-vous très précis dans vos réponses. Question numéro un : qu'est-ce qui a incité le docteur Luther à obtenir votre libération ? Lui avez-vous parlé, un jour où il était venu à Sandstone, ou bien...

– Je lui ai envoyé une lettre. A lui et probablement à une centaines d'autres. Il a été le seul à me répondre.

– Oh, bien. Très bien. Vous ne le connaissiez absolument pas, c'est bien ça ?

– C'est ça. Je vous l'ai déjà dit.

– Question numéro deux : quand le docteur Luther a agi en votre faveur, il s'était écoulé combien de temps depuis l'envoi de cette lettre ?

– Je ne peux vous donner de réponse précise. Comme je viens de vous le dire, il y avait tout un tas d'autres lettres, et je n'ai pas pris de notes à l'époque. Je pense qu'il a fallu environ trois mois.

– C'est exactement ce que je pense, moi aussi, M. Cosgrove. En fait, j'en mettrais ma main au feu. Bon...

– Une seconde, dis-je. Comment pouvez-vous en être sûr ?

– Parce que cela correspond à une autre action (toute une série d'actions en fait) entreprise par le docteur Luther. Des actions qui fournissent un mobile à l'obtention de votre libération. Bon, question numéro trois : un événement s'est-il produit qui puisse vous amener à penser que les circonstances pourraient vous contraindre à avoir avec le docteur Luther une querelle aux conséquences désastreuses ?

– Oui, répondis-je.

– Mme Luther ?

– Mme Luther.

– Je ne pense pas avoir eu le privilège de rencontrer cette dame. Est-ce une beauté fatale... une de ces femmes capables d'inspirer des querelles mortelles ?

– Moi je ne trouve pas. Mais beaucoup d'hommes seraient fous d'elle. Vous connaissez sûrement ce genre de femme. Grande, blonde, très belle. Et facile.

Il émit un grognement. De surprise, me sembla-t-il. Mais lorsqu'il reprit la parole, le son de sa voix était le même que d'habitude, égal et monotone.

– Bon, eh bien c'est à peu près tout, M. Cosgrove. Encore une question de pure rhétorique. Vous êtes-vous interrogé sur le fait que le docteur Luther approche maintenant du terme de sa carrière politique et qu'il a dû entrevoir le début de cette fin approximativement à l'époque où il a reçu votre lettre ?

– J'y ai beaucoup réfléchi, répondis-je.

– Et alors ?

– C'est bon, capitulai-je, je suis curieux de savoir. Plus que curieux. Qu'est-ce que vous avez à me dire ?

– Rien de plus, M. Cosgrove. Tant que je ne serai pas convaincu, de manière très concrète, que mes paroles seront appréciées.

– Combien ?

– Cinq cents.

– Je ne les ai pas.

– Simple détail technique. Vous pouvez les avoir. Tout homme ayant passé autant de temps que vous dans un endroit comme Sandstone sait comment se procurer de l'argent.

– Vous croyez que je vais...

– Je crois que vous allez faire le nécessaire pour vous procurer ces cinq cents dollars.

– Qu'est-ce que vous allez me donner pour cinq cents dollars ?

– La réponse à votre problème. Comment faire pour que Patrick Cosgrove reste vivant et en liberté. Quand vous saurez ce que je sais (et quand vous en aurez également fait part à certaines personnes), vos problèmes fondront comme neige au soleil.

– Je ne sais vraiment plus que penser, dis-je. Je ne vois pas comment je peux faire... Quand voulez-vous l'argent ?

– Demain soir au plus tard. Disons à six heures.

– Ça ne me laisse pas beaucoup de temps.

– Je ne crois pas qu'il vous en reste beaucoup,

M. Cosgrove. Etant donné la façon dont les choses se présentent, je crois que le temps qui vous reste va s'écouler très vite. A moins que d'ici demain soir vous ne sachiez ce que je sais, je doute que ça puisse nous servir à grande chose, à vous comme à moi.

– Quand même, six heures ! protestai-je. Il peut se passer n'importe quoi qui m'empêchera de me libérer aussi tôt. Vous ne pourriez pas attendre jusqu'après le dîner, vers huit heues ?

– La nuit sera tombée à cette heure-là, dit-il. Les autres personnes qui travaillent dans mon immeuble auront quitté leurs bureaux.

– Et alors ?

– Bon, d'accord. Alors ? Eh bien, je serai prêt à ce que vous essayiez de me faire des ennuis. Je m'y attendrai, M. Cosgrove. Alors, si j'étais vous, je n'amènerais rien d'autre que l'argent.

– Oh, merde, m'exclamais-je en riant. Qu'est-ce que j'aurais à y gagner ?

– Huit heures, alors ?

– J'y serai.

J'y serai avant huit heures. Je serai là quand tu reviendras après être allé dîner.

20

Doc sortait du garage en marche arrière lorsque je descendis de la véranda, et je m'arrêtai en attendant qu'il passe à ma hauteur. Il fit halte et engagea la conversation en souriant.

– Comment ça va, au boulot, Pat ? me demanda-t-il. Y vous ont pas encore fichu à la porte, hein ?

– Ben non, pourquoi ? répondis-je en feignant la surprise que pouvait engendrer une telle question. Pourquoi, ils auraient dû le faire ?

– Peut-être pas. Il est peut-être encore un peu tôt pour ça. Ils ne vous ont rien dit pour Burkman, hein ?

– Rien du tout, confirmai-je en secouant la tête. Il y a des problèmes ?

– Ben..., fit-il en hésitant. Rien qui vaille la peine que vous vous inquiétiez. Nous allons être obligés de vous trouver un nouveau protecteur, mais ça ne devrait pas poser de difficultés majeures. N'importe lequel d'entre eux sera sûrement tout disposé à vous apporter son soutien.

– Parfait, dis-je. J'en suis bien heureux.

– Mais je me dis qu'il serait préférable que nous vous fassions rencontrer davantage de monde. Vous pourriez prendre vos dispositions pour être libre demain soir. Vers huit heures. Je recevrai tout un groupe de gens ici, à cette heure-là.

Je l'assurai que je serais présent.

Avec un soupir de soulagement je le regardai s'éloigner dans l'allée en marche arrière puis disparaître. S'il avait dit le soir même à huit heures, je n'aurais pas pu aller à mon rendez-vous avec Eggleston. Et si je l'avais raté...

Il aurait été pour moi infiniment préférable que je le rate.

Je pris la direction du capitole, tournai autour du bâtiment, puis repartis vers la ville. J'effectuai plusieurs demi-tours successifs, m'assurant que personne ne me suivait, et il me fallut une heure environ pour atteindre le quartier des affaires. Une fois arrivé, je laissai la voiture dans un parking et pénétrai dans un cinéma.

Je quittai la salle par une sortie latérale débouchant sur une ruelle, déjeunai, et passai une heure ou deux à la bibliothèque municipale. Ensuite, je fis quelques courses.

Je me procurai une pince coupante, petite mais solide, un rouleau de ruban adhésif, une paire de gants et une lampe torche. Chacun de ces objets dans un magasin différent. Je me rendis dans des toilettes publiques, sortis les articles de leurs emballages et les dissimulai dans mes poches. Je regagnai la rue et déambulai tranquillement en direction du marché.

Il était maintenant un peu plus de dix-sept heures.

Occupant l'angle du bâtiment opposé à celui dans lequel Eggleston avait son bureau, se trouvait un bar d'ouvriers. C'était un endroit sale et peu reluisant que des évents de bière et des relents de poisson frit annonçaient de manière aussi désagréable qu'efficace. Même en me payant on n'aurait pu me convaincre d'y manger, et j'étais sûr qu'Eggleston pensait comme moi.

Je m'installai au bar, près de l'entrée, et commandai à boire quelque chose. Je jetai un coup d'œil par la fenêtre constellée de chiures de mouches.

La vue n'était pas aussi bonne que je l'avais escompté. Je voyais les fenêtres du bureau d'Eggleston, mais je ne voyais pas l'entrée de l'immeuble : elle donnait sur une rue latérale, plutôt vers l'arrière du bâtiment.

Je vidai lentement mon verre tout en surveillant les fenêtres de son agence. Je ne pensais pas qu'il avait deviné mon plan. J'avais l'impression que si tel avait été le cas il m'en aurait fait part, n'ayant rien à gagner à me laisser poursuivre. Bien sûr, il se pouvait qu'il ne sortît pas pour aller dîner. Alors il me faudrait imaginer autre chose.

A six heures, les lumières commencèrent à apparaître dans l'immeuble. Certaines restèrent allumées mais la plupart s'éteignirent quelques minutes plus tard. Les stores des fenêtres d'Eggleston étaient tirés et il me fallait consentir un effort intense pour déterminer s'il y avait ou non de la lumière.

Enfin, vers six heures trente, alors que la nuit commençait à s'installer, je vis des lignes de lumière irrégulières au pourtour de ses stores. Je les vis juste à temps pour les voir disparaître. Tous les bureaux situés à son étage étaient maintenant plongés dans l'obscurité. Je n'en avais pas espéré tant.

J'attendis encore un quart d'heure avant de quitter le bar.

Il y avait deux ascenseurs dans son immeuble, mais un seul fonctionnait à cette heure tardive. J'entrepris de consulter le registre indiquant l'emplacement des bureaux.

– Je peux vous aider, m'sieur ?

Je fis non de la tête sans me retourner.

Il marmonna quelque chose entre ses dents et son strapontin grinça lorsqu'il se rassit. Puis le signal d'appel de l'ascenseur retentit ; il dit « Merde ! », se releva, et se prépara bruyamment à faire démarrer la cabine.

– Pour *monter,* m'sieur !

Je restai le dos tourné sans rien dire. Il referma la porte avec fracas et la cabine s'éleva. Je me ruai sur la porte des escaliers et grimpai les marches quatre à quatre.

Au deuxième étage, j'entendis l'ascenseur qui redescendait, attendis que ses lumières eussent éclairé le palier puis disparu à nouveau. Alors je courus jusqu'à l'angle du couloir que je tournai en enfilant précipitamment mes gants. Dans l'antichambre du bureau d'Eggleston, dans la pièce qui servait d'accueil, il y avait une sorte d'imposte en verre dépoli entre le plafond et le haut de la porte. De chaque côté, une petite chaîne métallique permettait de la maintenir ouverte de quelques centimètres.

Je coupai la chaîne avec ma pince et fis doucement pivoter l'imposte vers l'intérieur. Je me hissai alors jusqu'à l'ouverture à travers laquelle je basculai. J'atterris à l'intérieur, donnant un coup de rein au dernier moment pour éviter de renverser une chaise. Je tirai la chaise sous l'imposte, montai dessus et sortis le ruban adhésif de ma poche. Je remis l'imposte dans sa position initiale et rafistolai les chaînes avec de l'adhésif.

Je m'assis pour me reposer un instant.

Ma montre indiquait qu'il était sept heures. Eggleston était parti depuis une demi-heure environ. Puisque notre rendez-vous était fixé à huit heures, il y avait peu de chances qu'il revienne avant une demi-heure. Ce qui me laissait beaucoup de temps... pour faire quoi ?

J'esquissai un geste pour allumer une cigarette puis remis le paquet et les allumettes dans ma poche. Il pourrait remarquer la fumée. Et quelqu'un pourrait apercevoir la lueur de l'allumette.

Je dirigeai à nouveau l'étroit faisceau lumineux de ma petite torche électrique sur ma montre. Trente minutes ou davantage et pas grand chose d'autre à faire que de patienter. Je ne savais pas ce que je devais chercher. De toutes façons, il ne risquait pas d'avoir laissé ce genre d'information écrit noir sur blanc quelque part. Ce devait être dans sa tête, quelque chose qu'il pouvait me transmettre oralement.

Je me demandai s'il serait très difficile de le faire parler.

Je soupesai ma pince et me levai. Jusqu'à quel point pouvais-je m'approcher de la porte sans risquer d'être aperçu à travers le verre dépoli ? Et de quel côté valait-il mieux que je me tienne ? Ici, à gauche ? De l'autre côté, car alors je me trouverais derrière la porte au moment où elle s'ouvrirait ?

Probablement ici. Il aurait peut-être une intuition et il serait armé. Je ne pourrais peut-être pas sortir assez rapidement de derrière la porte.

Je m'assis et attendis. Et petit à petit, je me rendis compte que ma tête avait tendance à se tourner vers ma droite, vers la porte donnant sur le bureau. Elle était fermée, la pièce de l'autre côté plongée dans l'obscurité, et, bien sûr, il n'y était pas. Il ne pouvait pas y être, assis là dans le noir. Il n'avait pas anticipé mon plan, alors pourquoi s'y trouverait-il ?

Je réfléchis à cette question et ma tête continua à se tourner de ce côté-là. Je finis par me lever et par me diriger vers la porte, et j'en tournai le bouton.

Elle n'était pas fermée à clef.

Je la poussai lentement.

Je me reculai d'un mouvement brusque, me plaquai contre le mur de séparation, puis je m'en écartai à nouveau, m'avançai dans la pièce et allumai ma torche.

Le faisceau parcourut sa table. Appuyé sur les coudes, il était légèrement penché en avant ; ses mains reposaient l'une sur l'autre dans une attitude naturelle ; sa chaise était tout près de son bureau, empêchant son corps de tomber.

Il ne risquait pas de parler, ni ce soir ni aucun autre soir. Il avait fini de parler à jamais.

21

Je savais ce qui s'était passé avant même de regarder son crâne. Il avait approché sa chaise du bureau à le toucher, et posé ses coudes sur le meuble parce qu'il voulait compter quelque chose, de l'argent, et que c'était la façon la plus naturelle de s'y prendre. Il était assis là à compter, sa méfiance endormie par le fait que l'argent lui avait été remis docilement, sans discussion. Puis la personne, homme ou femme, qui le lui avait tendu si volontiers...

Je déplaçai le faisceau de ma lampe. Je ne pouvais voir son visage : son menton reposait contre sa poitrine et son chapeau était trop rabattu en avant. Mais je voyais quelque chose en dépit du chapeau. Le liquide qui suintait à travers le fond. Il n'avait pas eu le temps de se rendre compte de ce qui lui arrivait.

Sa mort me laissait indifférent. J'avais vu des gens bien se faire tuer sans raison et il n'avait pas été quelqu'un de bien, ni même d'honnête. Il avait essayé de jouer sur les deux tableaux à la fois, monnayant d'un côté son silence, et de l'autre (du mien), ses renseignements. J'aurais pu prévoir qu'il allait essayer de le faire. Son meurtrier l'avait prévu, lui.

Je contournai le bureau et en ouvris le tiroir. Il ne contenait qu'une pipe, une boîte de tabac et une bouteille d'un demi-litre de whisky irlandais bon marché, à moitié vide.

S'il y avait quelque chose d'intéressant pour moi dans la petite pile de lettres, le registre corné ou les quelques dizaines de factures acquittées ou non, je ne savais quoi. Il n'y avait probablement rien. Je fouillai ses poches du mieux possible sans faire bouger le corps. Je trouvai plusieurs pochettes d'allumettes, un portefeuille contenant sa licence professionnelle de même que six dollars, un paquet de cigarettes intact et un autre à demi vide, un pistolet automatique 8 mm enfin dont le chargeur était plein.

Je remis le tout là où je l'avais trouvé et regardai son bureau. Rien n'était posé dessus hormis un bloc agenda. La page indiquant la date était celle du lendemain.

Sur le moment je n'y fis pas attention. Je détournai mon regard pour inspecter la pièce avec soin, essayant de trouver... j'ignore ce que j'essayais d'y trouver. Je reportai mon regard sur le bloc agenda et c'est alors que je compris. Ce n'était pas une erreur. S'il y avait une journée sur laquelle Eggleston ne risquait pas de se tromper, c'était bien celle-ci.

Je fis revenir en arrière l'une des petites pages blanches. La date était la bonne, celle du jour même, et deux inscriptions y avait été tracées :

Mme Luther, 5 h 45

P. Cos., 8 h.

J'arrachai la page et la déchirai en morceaux. Je m'attaquai aux feuillets révolus et en arrachai une douzaine au moins. Je les jetai dans le lavabo, les réduisis en cendres avant de les faire disparaître dans la tuyauterie en faisant couler l'eau. Un seul feuillet absent pouvait fournir des indications. Plusieurs, non.

Le téléphone sonna et je sursautai. J'eus un mouvement de recul instinctif puis je soulevai l'appareil, le cognai volontairement contre le bureau et portai le récepteur à mon oreille.

J'attendis. Et la personne qui se trouvait à l'autre bout du fil attendit elle aussi. Finalement, une voix murmura :

– M. Eggleston ?

Il m'était impossible de savoir s'il s'agissait d'un homme ou d'une femme. Quand les gens murmurent, c'est impossible.

– Lui-même, répondis-je moi aussi dans un murmure.

– Je ne peux pas parler plus fort, M. Eggleston.

– Il en va de même pour moi.

C'était le genre de tournure qu'il aurait employée, du moins je l'espérais.

– Je m'excuse de n'avoir pu venir à notre rendez-vous, M. Eggleston. En personne. Tout s'est bien passé ?

– J'ai bien peur que non, murmurai-je. J'ai bien peur d'être obligé d'insister pour que vous veniez.

– Ça m'est impossible.

Je ne répondis pas.

– Pourquoi est-il si nécessaire que je vienne ?

– Je pense que vous ne l'ignorez pas.

– Vous avez reçu l'argent, non ? On ne vous a pas oublié ?

Ça n'allait pas marcher. Je n'allais pas réussir à le, ou à la, faire venir. Ce qui ne me laissait qu'une seule solution : prendre cette personne par surprise de façon à ce que son murmure se transforme en une voix identifiable.

– Non, murmurai-je encore plus bas. On ne m'a pas oublié. Je suis actuellement assis derrière mon bureau avec le crâne en compote. Mort.

Cela ne marcha pas non plus. Il y eut un court instant de silence. Puis, à l'autre bout du fil, on raccrocha brutalement.

J'écartai le corps d'Eggleston de son bureau puis le fouillai méthodiquement. Je savais maintenant que, pendant que j'y étais, je pouvais aussi bien le faire, parce que je ne pouvais pas me permettre de le laisser sur place. L'heure de sa mort ne pourrait être établie avec exactitude ; la police ne pourrait la déterminer sans risque d'erreur qu'à une demi-heure ou une heure près. Et, par conséquent, étant donné que le vrai meutrier ne manquerait pas de posséder un alibi à toute épreuve, je devenais l'unique suspect.

Il y avait une chance que le garçon d'ascenseur ne se rappelle pas m'avoir vu traîner dans le hall. Il y avait une chance qu'il ne puisse pas donner ma description s'il se souvenait quand même de moi. Mais moi, moi qui bénéficais d'une libération conditionnelle et qui avais un casier judiciaire, je ne pouvais pas courir ce genre de risque. D'une manière ou d'une autre, il fallait que je sorte le corps de l'immeuble. Que je le cache. La rivière serait probablement ce qu'il y avait de mieux.

Ma fouille ne me permit de découvrir que deux ou trois clefs, quelques pièces de monnaie et un autre paquet de cigarettes entamé. Je remis le tout dans la poche de sa veste et me reculai pour l'observer. Il n'avait perdu que très peu de sang, lequel avait été absorbé par ses cheveux et son chapeau. Et il ne saignait plus. Il n'y avait aucune tache à nettoyer. Il fallait seulement le sortir de là. Rien de plus.

Je fis tourner le bouton de la porte d'entrée et découvris qu'elle n'était pas fermée à clef ; j'aurais pu entrer en l'empruntant plutôt que de faire de l'escalade. Je vérifiai les chaînes de l'imposte que j'avais sectionnées. Ils allaient les remarquer et cela donnerait lieu à des commentaires, mais sans le cadavre ils ne pourraient rien en conclure. Avec le temps, bien évidemment, l'absence d'Eggleston donnerait lieu à une enquête. Mais d'ici là, j'espérais avoir résolu l'énigme du docteur Luther. Je saurais ce qu'Eggleston avait su et, par conséquent, je saurais qui l'avait tué.

Mais c'était là un point à résoudre ultérieurement, lorsque, peut-être, je disposerais de davantage d'éléments. Pour le moment, il fallait sortir le corps d'Eggleston de l'immeuble.

J'ouvris, jetai un coup d'œil au dehors, puis

laissai la porte se refermer. Je retournai dans la pièce du fond, pris le corps dans mes bras et le portai jusqu'à la porte d'entrée que je tirai du bout des doigts. La voie était toujours libre, les autres bureaux plongés dans le silence et l'obscurité.

Je laissai la porte se refermer derrière moi et suivis rapidement le couloir jusqu'à l'endroit où il faisait un coude. Je passai la tête de l'autre côté ; la voie était entièrement libre là aussi. J'accélérai l'allure, aussi vite que me le permettait la charge que je portais.

J'atteignis les ascenseurs et posai le corps devant la porte de celui qui n'était pas en service. Le souffle court, j'appuyai sur le bouton d'appel. Ma voiture était garée à deux blocs de là. Il me fallait au moins cinq minutes au total. Deux pour aller jusqu'à l'endroit où elle était. Une pour la sortir du parking, deux pour revenir.

Cinq minutes, pas plus.

J'entendis la porte de l'ascenseur se refermer bruyamment du bas de la cage, puis les cables vibrer. Je me plaquai contre le mur et attendis.

La lumière avança puis recula dans le couloir tandis que l'ascenseur dépassait le palier puis redescendait en se stabilisant. La porte s'ouvrit dans un fracas métallique.

– Pour descendre, lança une voix hargneuse et maussade.

Je retins mon souffle et serrai le poing pour lui conférer la dureté d'une balle de cuir.

– Pour des... (il avança la tête)... ugh !

Mon poing l'atteignit comme une masse juste à la pointe du menton. Sa tête partit en arrière puis il s'écroula en avant d'un seul bloc. Je le saisis à bras-le-corps, l'étendis à l'intérieur de la cabine et essayai de trouver son cœur. Il battait vite mais régulièrement. A part une lèvre fendue là où ses dents s'étaient enfoncées, il n'avait rien.

La porte s'était refermée automatiquement. Je la rouvris, la bloquant du pied tandis que je me penchais vers le corps d'Eggleston pour le tirer à l'intérieur. Un instant plus tard, ayant compris comment fonctionnaient les commandes rudimentaires de la cabine, je l'immobilisai entre deux étages.

Je m'affaissai sur le strapontin, essuyant la sueur qui me coulait dans les yeux. Presqu'au même moment, je me relevai brusquement en repensant à cette porte qui était automatique.

Je ne pouvais pas la laisser bloquée en position ouverte pendant que j'allais chercher la voiture. Pas avec un cadavre dans un angle de l'ascenseur et un homme inconscient dans l'autre. Il n'y avait peut-être pas beaucoup de mouvement la nuit dans l'immeuble, mais de toute évidence il y en avait au moins un peu. Sinon, aucun ascenseur n'aurait été en service.

En faisant les poches du garçon d'ascenseur, je trouvai ce que je cherchai, un objet que j'avais vu utiliser devant moi à diverses reprises. C'était une petite tige métallique assez mince. Une « clef » d'ascenseur. Enfoncée dans deux petits trous percés suivant le même axe dans les portes d'une cabine, elle permettait de les ouvrir de l'extérieur.

Je la mis dans ma poche, éteignis la lumière et fis descendre la cabine lentement jusqu'au rez-de-chaussée. En regardant à travers le petit panneau vitré de la porte, je vis que le hall d'entrée était désert. Je sortis, laissant la porte se refermer dans un claquement, et m'éloignai rapidement.

En revenant, je tournai prudemment le coin de l'immeuble et me garai juste en retrait de l'entrée. La rue n'était pas éclairée. Seul le hall du bâtiment projetait une lumière diffuse.

Je laissai le moteur tourner au ralenti puis, après avoir entrouvert la portière gauche, je sortis par celle de droite que je laissai ouverte derrière moi.

Je me dirigeai vers l'entrée de l'immeuble... et me figeai sur place. Un instant, mon cœur cessa de battre. Il y avait quelqu'un. Quelqu'un qui tambourinait contre la porte de l'ascenseur. Qui tambourinait et qui se mit à crier.

Je me forçai à poursuivre mon chemin. J'avançai, passant lentement devant l'immeuble tout en regardant à l'intérieur. Je ne parvins pas à distinguer son visage et il ne regarda pas du tout dans ma direction. Il était bien trop occupé à taper furieusement du poing et du pied contre la porte de la cabine.

J'attendis un moment à l'entrée de la ruelle puis fis demi-tour et revins sur mes pas. Le temps ! J'avais déjà depuis longtemps dépassé la marge de sécurité que j'avais minutée. Même sans ces coups assénés contre la porte, le garçon d'ascenseur allait recouvrer ses esprits d'un instant à l'autre. Et si cela continuait, je ne pourrais pas rentrer dans l'ascenseur...

Le vacarme s'intensifia jusqu'à en devenir assourdissant. Puis il cessa, des pas traversèrent le hall et il y eut un autre bruit : le claquement de la porte donnant sur les escaliers. Il avait abandonné : il avait décidé de monter à pied.

Je courus vers l'entrée en regardant d'un côté et de l'autre de la rue. Personne. Dieu merci, l'immeuble se trouvait à cet endroit-là, dans cette petit rue. Je traversai le hall d'entrée au pas de course, extirpai de ma poche la clef de l'ascenseur et la plongeai dans les trous de la porte.

De l'intérieur de la cabine me parvenait une sonnerie bruyante et ininterrompue. Les boutons d'appel. Quelqu'un voulait descendre. Ils étaient même plusieurs à en juger par le tintamarre. Peut-être certains avaient-ils déjà commencé à descendre. Peut-être étaient-ils déjà dans les escaliers. Et je ne pouvais pas attendre. Il y en aurait d'autres après eux. Et si je me retrouvais coincé là avec un cadavre et...

Quelque chose retenait la porte de l'ascenseur, la bloquait. Elle refusait de s'ouvrir. Elle s'écarta de quelques centimètres mais... mais...

Le vacarme des sonneries devenait de plus en plus bruyant. Et, en surimpression sonore, me parvint, quelque part au-dessus de moi, le bruit d'une porte claquée rageusement. Puis celui d'une autre. Puis des voix qui s'appelaient et l'écho de pas qui résonnaient dans les escaliers en se rapprochant.

Avec une lenteur effrayante, la porte s'écarta de deux centimètres de plus. Je laissai choir la clef, passai les deux mains dans l'interstice et tirai avec une violence frénétique en y mettant toute mon énergie.

Elle grinça et regimba... puis s'ouvrit d'un coup. Et le garçon d'ascenseur s'écroula par l'ouverture. Il avait partiellement recouvré ses esprits. Il s'était adossé à la porte, m'empêchant de l'ouvrir à cause de son poids.

Il tomba en avant la tête la première, ses genoux se dérobant sous lui. Je lui expédiai une droite fulgurante qui le renvoya à l'intérieur de la cabine ; il alla heurter le mur du fond et s'écroula face contre terre.

J'avais frappé trop fort. Je n'avais pas eu l'intention de frapper aussi fort que ça. Mais je n'avais pas le temps de m'en inquiéter maintenant. Pas le temps de me pencher sur lui.

Je soulevai le corps d'Eggleston. Je parvins à agripper la porte d'une main et à l'ouvrir, à sortir de la cabine en titubant. Quelques secondes seulement. Quelques secondes seulement pour porter le corps jusqu'à ma voiture et démarrer. Les pas dans les escaliers se rapprochaient à toute vitesse. Ils avaient dépassé le premier étage. D'un instant à l'autre la porte donnant sur le hall allait s'ouvrir et...

Je courus vers la sortie. Plus que deux ou trois mètres. Puis la porte, le trottoir à traverser, et ma voiture. Plus que deux ou trois mètres et... et rideau. Je ne pouvais pas reculer et je ne pouvais pas avancer non plus. Quelqu'un avait franchi le seuil.

Un policier dans son uniforme bleu.

22

Au moment où il avait pénétré dans l'immeuble il était occupé à regarder quelque chose dans la rue derrière lui et il avait encore la tête tournée de ce côté-là. Je me figeai sur place sous le coup de l'émotion, paralysé de peur. Puis, lorsque sa tête commença à pivoter dans ma direction, j'agis. Je fis la seule chose qu'il y avait à faire.

Je me précipitai en avant et projetai le cadavre sur lui.

Il le reçut en haut du torse, ce qui, espérai-je, obstrua son champ de vision tout en le faisant tomber à la renverse. Il hurla en luttant aveuglément contre le cadavre tandis que je les contournai en courant et fonçai vers ma voiture.

J'écrasai l'accélérateur, les deux bras écartés pour fermer les portières. Elles claquèrent, le moteur hoqueta puis rugit, et la voiture bondit en avant.

En passant à toute vitesse devant l'entrée j'eus une vision assez confuse de deux silhouettes roulant sur le trottoir pendant qu'une troisième, qui arrivait du hall, se précipitait sur elles. L'instant d'après, j'avais franchi le premier carrefour et j'étais déjà au milieu du bloc suivant, fonçant vers la deuxième intersection, l'aiguille du compteur indiquant que je faisais du cent-dix.

Je ne sais comment je réussis à reprendre le contrôle de moi-même. J'écrasai la pédale de frein et la voiture partit dangereusement en travers. Je relâchai ma pression une fraction de seconde puis réappuyai. Je traversai le carrefour à une vitesse voisine de la limite autorisée.

Heureusement, il n'y avait pas de feux de signalisation par là, et très peu de circulation. C'était en tous cas fort heureux à ce moment précis. Je n'ignorais pas que, par la suite, je serais plus en sécurité là où la circulation serait la plus dense. Je roulai sans m'arrêter, de plus en plus lentement, tout en respirant avec difficulté. La frayeur faisait ruisseler la sueur jusque dans mes yeux.

Je pris à gauche au carrefour suivant, m'engageant dans une artère importante qui menait au cœur du quartier des affaires. Ce n'est qu'alors que je perçus, très loin derrière moi, le hurlement suraigu d'une sirène de police.

Je me mêlai à la circulation et traversai le centre de la ville en conduisant machinalement. J'étais en sécurité, mais pour combien de temps ? Et à qui pouvais-je m'adresser pour trouver de l'aide si j'en avais besoin... si ce policier avait relevé mon numéro d'immatriculation ou si le garçon d'ascenseur pouvait leur fournir ma description ?

Perdu dans mes pensées et conduisant au hasard, je me retrouvai de l'autre côté du quartier des affaires. Je passai devant un immeuble d'habitation et songeai soudain à Hardesty. Il habitait dans ce quartier et il voulait obtenir quelque chose de moi. Quelqu'un qui est demandeur est la personne rêvée avec qui conclure un marché.

Je trouvai son adresse (il habitait un appartement dans un hôtel situé près du parc) et garai ma voiture du côté opposé de la rue. Occupé à son standard l'employé de la réception me tournait le dos. Je montai dans l'ascenseur automatique, appuyai d'un petit coup sec sur le bouton et la cabine s'éleva.

Hardesty vint m'ouvrir en robe de chambre. Il esquissait un sourire lorsqu'il me reconnut. Ses yeux, alors, s'ouvrirent tout grands, son sourire s'évanouit et fut remplacé par un froncement de sourcils inquiet. Il m'agrippa brutalement par l'épaule et me tira sans ménagement à l'intérieur de la pièce.

– Bordel, pourquoi vous êtes venu ici ? aboya-t-il en claquant la porte. Vous êtes pas assez malin pour comprendre...

Il s'interrompit au milieu de sa phrase avec un juron furieux, traversa la pièce à grandes enjambées et tourna le bouton d'un gros poste de radio.

Une voix rauque envahit la pièce et, jurant à nouveau, il baissa le volume.

– Ecoutez, m'enjoignit-il d'un ton sec.

J'écoutai.

« ... davantage de précisions concernant l'homme qui, il y a quelques minutes, a sauvagement agressé un garçon d'ascenseur du Haddon Building, lui faisant perdre connaissance, et qui a assassiné une des personnes locataires d'un bureau dans l'immeuble, puis a pris la fuite après avoir violemment projeté le corps de sa victime sur un policier.

« Le meurtrier mesure environ un mètre quatre-vingt-dix et a les cheveux roux. Il a le teint foncé et est bien habillé ; on pense qu'il est au volant d'un cabriolet de modèle récent immatriculé dans un autre état. Le garçon d'ascenseur pense que cet individu ne fait qu'un avec celui qu'il a vu traîner dans le hall de l'immeuble en début de soirée. Rien ne semble expliquer pour l'instant... »

Le bouton de la radio fit entendre son déclic.

Hardesty me regardait en souriant. Un sourire d'excuse, très amène.

– Désolé, Pat, dit-il. J'étais en train d'écouter ça quand vous avez frappé et j'ai cru... ben, avec vos cheveux roux et tout...

Sa voix mourut et le froncement de sourcils réapparut.

– Oh, dit-il dans un souffle. Alors c'était bien vous.

– Je suis l'homme qu'ils recherchent, confirmai-je. Mais je n'ai tué personne. J'ai découvert le cadavre. J'ai eu peur qu'on ne me colle le meurtre sur le dos et c'est pourquoi j'ai essayé de le sortir de l'immeuble.

Je lui fis un bref récit de ce qui s'était passé. Il m'écouta d'un air absent, ne faisant que semblant de s'intéresser à ce que je lui racontais, mais son visage s'éclaira.

– Eh bien, dit-il en haussant les épaules, de toute façon on dirait que les renseignements qu'ils ont sur vous sont complètement erronés, jusqu'à votre plaque d'immatriculation. La seule chose qui corresponde c'est pour vos cheveux et ils ne peuvent pas coffrer tous les rouquins de la ville.

– Ils peuvent coffrer tous ceux qui ont un casier judiciaire, observai-je. Et ce garçon d'ascenseur me reconnaîtrait s'il me revoyait.

– J'en doute, répondit-il en secouant la tête. Et comment la police va-t-elle s'y prendre pour savoir si le meurtrier a un casier judiciaire ? Non, vous n'avez qu'à vous tenir à carreau en évitant le quartier pendant quelques jours et vous ne risquez rien. Dans trois ou quatre jours, ce pilote de boîte à sardines sera incapable de vous reconnaître même si vous aviez la malchance de le rencontrer par hasard.

– J'espère que vous ne vous trompez pas, dis-je.

– J'en suis sûr, Pat. Je sais comment ça se passe, ce genre de choses. Cela aurait bien sûr mieux valu si vous étiez sorti tranquillement de l'immeuble après avoir découvert le corps. Mais ce qui est fait est fait. Asseyez-vous, je vais vous servir quelque chose. Je crois que vous en avez besoin.

Lorsqu'il nous eut versé deux bonnes doses, il me dit :

– Bien, je me demande s'il n'y a pas autre chose que vous devriez me dire, Pat.

– Comme par exemple ?

Je vidai mon verre sans reprendre haleine et m'en versai un second.

– Par exemple comment il se fait que vous vous soyez trouvé dans le bureau de ce détective privé.

– J'avais rendez-vous avec lui.

– Je m'en doutais un peu.

– Il devait me dire de quoi il retourne, pourquoi on m'a fait sortir de Sandstone.

– Je vois.

Il était légèrement penché en avant dans son fauteuil, les coudes posés sur les genoux, son verre niché au creux de ses mains. Un petit sourire jouait sur ses lèvres.

– Il allait vous dire quelque chose, reprit-il. Et on l'a tué. Quelle conclusion en tireriez-vous ?

– Vous pensez que je ferais bien de ne pas me montrer trop curieux ?

– C'est exactement ce que je pense, Pat. Je...

– Et moi je pense que vous vous trompez, répondis-je. Je crois que je ferais bien de me montrer beaucoup plus curieux que je ne l'ai été jusqu'à présent. Ce meutre prouve que j'avance en aveugle dans un jeu où la vie d'un homme n'a aucune valeur. Jusqu'à ce soir, j'étais juste inquiet. Maintenant, je sais qu'il faut absolument que je découvre de quoi il retourne.

– Ah ? fit-il. Et comment comptez-vous vous y prendre, Pat ?

– J'ai déjà en main un atout qui doit me

permettre d'en apprendre plus long : Mme Luther avait rendez-vous avec lui avant moi ce soir. Je pense pouvoir raisonnablement en conclure que ce qu'Eggleston savait la concernait.

– Hum, fit-il en trempant ses lèvres dans son whisky. Continuez.

– Mais elle n'est pas venue à ce rendez-vous. Elle en a parlé à quelqu'un d'autre et c'est cette tierce personne qui est venue et qui a tué Eggleston. En d'autres termes, cette affaire ne revêtait pas d'importance que pour elle. En fait (je marquai un temps d'hésitation), elle n'en revêtait pas autant pour elle que pour d'autres, le meurtrier par exemple.

– Comment en arrivez-vous donc à cette conclusion ?

– Parce qu'elle n'a pas réglé cette affaire elle-même. Cela ne revêtait pas pour elle une importance telle qu'elle dût commettre un meurtre, et il fallait qu'un meurtre fût commis. C'est pourquoi elle n'a pas été autorisée à se rendre à ce rendez-vous.

– Je vois. Très bon raisonnement, dit-il en hochant la tête.

– Pas si bon que ça, répondis-je. Sans quoi vous ne me le diriez pas. Il repose entièrement sur la supposition que c'est Mme Luther qui a téléphoné là-bas, à l'agence, ce soir. Je suis maintenant certain que ce n'était pas elle.

Il rit et fit le geste de me donner une tape amicale sur le genoux. Je retirai ma jambe.

– Cette attitude ne vous mènera nulle part, Pat, dit-il en redevenant sérieux. Je vous ai dit que je vous expliquerai tout de A à Z en temps et en heure.

Alors pourquoi ne pas oublier tout ça pour le moment en attendant d'avoir bientôt une bonne conversation, et ceci, un jour où vous ne serez pas dans un état pareil ?

– Je veux savoir maintenant, dis-je. Qu'est-ce que vous me voulez ? Vous, Doc, ou ceux qui travaillent avec vous ?

– Je suis désolé, Pat. Je...

– Bon Dieu, m'exclamai-je. Il va pourtant bien falloir que vous finissiez par me le dire. Vous voulez que je sois du même côté de la barrière que vous et cela m'est impossible à moins de connaître vos projets. Alors, de quoi s'agit-il ?

– Vous êtes un jeune homme très intelligent, Pat. Beaucoup trop subtil à mon goût.

– Merci, dis-je.

– Et je ne suis pas prêt à vous voir passer à l'action avant plusieurs semaines encore. Un mois sans doute, à peu près. Si je vous expliquais tout maintenant, eh bien... vous voyez bien pourquoi ce n'est pas possible. Pourquoi prendrais-je des risques, surtout quand rien ne m'y oblige ?

– Je vois. Vous voulez m'annoncer ça brutalement au dernier moment, sans me donner la moindre chance de pouvoir réfléchir. Il faudra que je choisisse sur le champ entre deux possibilités, et ce sera la vôtre qui paraîtra la meilleure.

– Alors, Pat ?

– Vous voulez que je tue Doc. Pourquoi ?

– Allons, Pat. (Il eu un petit rire nerveux). Qu'est-ce qui a bien pu vous donner une idée pareille ?

– Bon, dis-je. Je vais le tuer. Je commence à en

avoir par-dessus la tête. Je le fais ce soir et ensuite je file.

– Pat ! s'écria-t-il en me saisissant par le bras. Non, il ne faut pas. Pas tout de suite. Enfin... je...

Je me dégageai en lui souriant.

– Pas tout de suite, répétai-je. Mais plus tard. C'est bien cela, hein ? Vous voulez effectivement que je le tue. Maintenant, je veux savoir le reste.

– Je n'ai rien à ajouter, Pat. Vous feriez mieux de partir.

Je hochai la tête et me levai. Puis je lui décochai une manchette et il partit à la renverse, tombant de l'ottomane. Je plongeai par-dessus la table basse et atterris sur lui, lui coinçant la poitrine entre mes genoux.

Je m'emparai de l'un des verres à whisky et en abattis le bord contre la table basse. Des éclats tombèrent sur le sol. Je saisis fermement la base du verre et approchai les longues dents aux arêtes vives du visage de Hardesty.

Ses yeux roulèrent dans leurs orbites et il cessa de se tortiller.

– Bon, dis-je. J'attends.

– Cela..., commença-t-il d'une voix entrecoupée, cela ne vous mènera nulle part, Pat.

– Parlez.

– Non ! dit une voix derrière moi tandis qu'un objet rond, froid et dur s'enfonçait contre ma nuque. On parie que je tire si tu ne te lèves pas de là, chéri ? On parie ?

23

Je lâchai le verre et me redressai, mains levées. je me retournai. Elle avait aux lèvres ce mignon petit sourire qui lui faisait plisser le nez, et ses yeux marrons brillaient de gaieté et de bonne humeur.

– Qu'est-ce qui se passe, mon gros bébé ? Tu ne veux pas voir ta môman ?

– Seigneur ! m'exclamai-je. Seigneur Dieu !

– Mon pauvre, pauvre gros bébé. Si gentil, si confiant et si prévenant pour sa Madeline... et tout ça pour un petit câlin. Il n'a même pas réussi à coucher avec elle.

– Non, dis-je. Même pas. Ça fait au moins ça dont je n'ai pas à rougir.

– Tss, tss, fit-elle en souriant à nouveau. On est mauvais perdant, on dirait, hein, Bill ?

– On le dirait bien, acquiesça Hardesty.

Il s'était relevé et avait expédié le verre dans la cheminée d'un coup de pied, et maintenant il marchait jusqu'à elle, posait un bras sur ses épaules. Elle s'appuya contre lui, ses cheveux bruns ondulés venant lui caresser le cou. Elle prit l'une de ses mains, la posa sur sa poitrine et la serra fortement sur l'un de ses seins.

– Là, fit-elle d'une voix sensuelle. Prends le pistolet, Bill, tu veux bien ? Mes p'tits doigts commencent à fatiguer.

Hardesty s'empara de l'arme et la laissa tomber dans sa poche.

– Nous n'en aurons plus besoin, dit-il. Pat est prêt à écouter le langage de la raison, n'est-ce pas Pat ?

– Le langage de la raison, répétai-je. De la raison.

– Je suis navré, mon garçon, dit-il et, à l'entendre, on avait l'impression qu'il était sincère. Il y a des choses que l'on ne peut mener à bien sans casser des œufs et c'est justement le cas. On ne vous a pas laissé la moindre chance. Vous étiez fichu dès le départ.

– C'est ce que je vois, dis-je d'une voix sourde.

– Doc le sait que vous alliez voir Madeline. C'était prévu comme ça. Vous étiez forcé de vous apercevoir que quelque chose clochait et de vous en inquiéter. Le rôle de Madeline consistait à vous retenir d'agir. A vous permettre plus ou moins de trouver un exutoire en parlant.

– Ça ne fait rien, dis-je. Je comprends. Je suppose que j'avais compris depuis le début. Je voulais seulement refuser l'évidence.

Le sourire de Madeline s'effaça.

– Je ne voulais pas vous faire de mal, Pat. Je ne voulais pas qu'on vous fasse du mal. Je vous ai dit de venir me voir avant de tenter quoi que ce soit et vous m'aviez promis de le faire. Si vous aviez tenu votre promesse, rien de tout cela ne se serait produit.

– Je crois que vous feriez mieux de ne plus rien dire, affirmai-je. Si vous continuez à parler, je crains que je n'éprouve l'envie de vous tuer, et rien ne pourra m'en empêcher à moins d'être moi-même tué. Et cela, vous n'y tenez pas. Pas encore. Ça ferait échouer vos projets.

Hardesty secoua la tête avec compassion.

– Nous sommes désolés, Pat, croyez-moi. J'espère que vous ne nous en voulez pas trop.

– Pourquoi ? A cause d'elle ? (J'émis un petit rire). Bon, je m'en vais.

– Vous voulez prendre un autre verre avant ?

– Non, dis-je en me dirigeant vers la porte.

La voix de Madeline m'arrêta.

Attendez, Pat ! Non, attendez, parlons affaires !... Bill, peut-être que nous devrions lui dire maintenant. Cette voiture, ça m'inquiète. Doc n'aurait pas dû l'acheter aussi tôt.

– Tu veux dire celle pour... pour l'anniversaire de Pat ? (Il eut un geste de dégoût). Bien sûr qu'il n'aurait pas dû, mais tu le connais. Il faut toujours qu'il ait une longueur d'avance sur les autres, même si ça doit tout faire foirer.

– Mais là c'est différent. Il ne se permettrait pas un geste gratuit comme ça à un moment pareil. J'ai bien l'impression que...

– Ça ne tient pas debout. L'affaire Arnholt va éclater demain soir. Il va lui falloir au moins un mois pour s'occuper de tout, suivre les choses pendant la procédure légale et récolter les bénéfices. Comment pourrait-il... euh...

Leurs yeux se rencontrèrent et il me désigna d'un geste de la tête. Elle acquiesça lentement.

– Tu as sûrement raison. Sinon nous allons nous trouver dans un drôle de pétrin.

– Bien sûr que j'ai raison, affirma-t-il. Pat, je ne voudrais pas sembler manquer de courtoisie, mais peut-être...

Lorsque je franchis le seuil j'entendis un rire étouffé.

... Ce soir-là je bus une grande quantité de whisky, et plus j'en bus plus je me sentis lucide.

Vers minuit, quand l'alcool commença virtuellement à me couler par les oreilles, j'allai dans la salle de bains et vomis pendant ce qui me parut des heures. Lorsque j'eus tout rendu, je me remis à boire et continuai jusqu'à ce que j'eus trouvé le sommeil.

Dans cette belle demeure je me couchai complètement saoul, tout habillé, et ce pour la première fois de ma vie.

24

Je pris une longue douche, alternativement chaude et froide, et me rasai de près, ce qui fit des merveilles sur le chemin de ma résurrection. Après quoi j'avalai une gorgée d'alcool puis pris le journal du jour qui avait été glissé sous ma porte.

La photographie d'Eggleston s'étalait en première page, accompagné d'une demi colonne sur l'affaire. Puisque la victime n'avait pas été dévalisée, on pensait ceci :

... le détective privé, un habitué de longue date des procédures de divorce, a pu déterrer des secrets dont quelqu'un (un de ses clients, probablement), aura considéré comme dangereux qu'il les connaisse.

« Je suis pratiquement certain que notre grand inconnu aux cheveux roux et le meurtrier ne font qu'un seul et même homme, » nous a déclaré le lieutenant de police Rube Hastings. « Il avait sans doute uniquement l'intention de ficher la trouille à Eggleston. A en juger d'après la façon dont il a agi, je parierais que c'était ce qu'il avait dans l'idée. Il est monté à son agence en prenant les escaliers, craignant peut-être que le garçon d'ascenseur ne tienne à accompagner les visiteurs après la sortie des bureaux. Mais il lui était égal que le garçon d'ascenseur le voie, ce qui n'aurait pas été le cas s'il avait envisagé de commettre un meurtre.

Quelque chose lui a fait décider qu'il allait être obligé de tuer Eggleston, ou peut-être a-t-il perdu son sang-froid. Puis il s'est rendu compte qu'il fallait qu'il sorte de l'immeuble le corps de sa victime. Nous pouvions approximativement déterminer l'heure du décès et établir sa présence dans le bâtiment. La seule solution consistait pour lui à emporter le corps et à le faire disparaître.

« Les faits selon lesquels le meurtrier connaissait apparemment fort bien Eggleston et craignait d'être identifié indiquent qu'il habite dans notre ville et qu'il n'a aucune intention d'en partir, » nous a assuré Hastings qui a été incapable de nous expliquer par quel miracle un habitant permanent de notre cité se trouvait au volant d'un véhicule immatriculé dans un autre état, mais...

Il n'en resterait pas incapable très longtemps. Pas s'il était seulement moitié aussi intelligent que l'article semblait le prouver. La ville en question était la capitale de l'état. Il y avait là des centaines de véhicules portant des plaques d'immatriculation officielles, ces plaques blanches avec un S majuscule de chaque côté. Le policier d'hier soir n'avait qu'entre aperçu mes plaques d'immatriculation, et il en avait conclu qu'elles venaient d'un autre état. Mais il ne lui faudrait pas longtemps pour changer d'avis, pour que le lieutenant de police Hastings ne l'en fasse changer.

Je pris mon portefeuille dans la poche de mon pantalon et comptai l'argent qu'il contenait. Neuf dollars seulement, mais j'en avais encore cent cinquante dans le tiroir de mon secrétaire. Doc avait dit que l'argent resterait là en attendant qu'il trouve le temps de m'accompagner à la banque.

Cent cinquante-neuf dollars. Avec ça, je pouvais déjà aller loin si j'y étais contraint.

Je jetai un coup d'œil à la pendule, ramassai les vêtements que j'avais portés la veille et les mis dans le placard. Le garçon d'ascenseur avait déclaré que je portais un costume sombre (en fait, il était bleu), des chaussures noires (elles étaient marron) et un chapeau gris (ce qui était exact). Je sortis un chapeau marron, un costume gris clair et des chaussures de ville marron et blanc.

J'achevai de m'habiller et repris le journal. En page un, une autre photographie accompagnée d'un article attirèrent mon regard :

LE LEADER DE LA PHALANGE PARLE CE SOIR

Fanning Arnholt, qui est le président de la Phalange Nationale et fait autorité en matière d'activités subversives, débutera ce soir une série de conférences qui doivent le mener d'un bout à l'autre de l'état en s'adressant à nos concitoyens à Orpheum Hall à 8 h 30.

S'exprimant sur le thème : « Nos écoles : l'enjeu

d'un double jeu », on s'attend à ce qu'Arnholt lance une attaque en règle contre un grand nombre de manuels scolaires qu'il prétend subversifs. Son intervention dans notre ville a été organisée par des sections locales de la Phalange.

« Le poison écarlate du Non-Américanisme se répand librement dans les veines éducationnelles de notre grand état », a déclaré le célèbre leader des patriotes à son arrivée ici hier soir. « L'antidote en est un civisme vigilant qui saura contraindre les représentants élus à prendre les mesures énergiques qui s'imposent... »

De telle sorte que les acolytes de Doc puissent effectuer une dernière ponction sur les deniers de l'état.

Je jetai le journal et me levai pour aider Henry à reprendre le plateau du petit déjeuner. Je lui dis qu'il pouvait tout ramener à l'exception des toasts, du jus d'orange et du café. L'air mal à l'aise, il tournait autour de la table, répétant chacun de ses gestes deux fois.

– Quelque chose qui vous tracasse, Henry ? lui demandai-je.

– C'est-à-dire, commença-t-il en hésitant. Vous savez que vous aviez de l'argent là, M. Cosgrove ? Dans ce secrétaire ?

– Oui, et alors ?

– Eh bien... je ne sais pas si vous vous en êtes déjà aperçu ou non, mais il n'y est plus. Le docteur Luther l'a pris. J'ai pensé que je ferais mieux de vous le dire au cas où ça lui sortirait de l'idée, étant donné que Willie et moi venons si souvent dans votre chambre.

– Je comprends, l'assurai-je. Le docteur a-t-il dit pourquoi il prenait cet argent ?

– Non, monsieur. Il est venu hier pendant que je faisais la chambre et il l'a pris.

– Merci, dis-je. Merci de me l'avoir dit, Henry. Je ne dirai pas que c'est vous qui m'en avez parlé.

Il m'adressa un sourire reconnaissant et sortit. Je me mis à table et grignotai un toast.

Neuf dollars. Neuf au lieu de cent cinquante-neuf.

Tout en buvant une petite gorgée de mon jus d'orange soudain devenu insipide, je compris quelle allait être son explication. Sans lever les yeux, je compris aussi autre chose : il était là, dans la pièce, avec moi.

Je ne sais pas si Henry avait laissé la porte entrebâillée ou si Doc l'avait ouverte silencieusement. Mais il se tenait là, appuyé au mur, et me regardait fixement à travers les verres épais de ses lunettes.

Je me versai du café, en avalai une petite gorgée et tournai à demi la tête vers lui.

– Bonjour Doc. Du café ?

– Bonjour Pat, me répondit-il d'un ton las. Non, merci.

Il traversa la pièce en direction du lit et s'assit. Je lui tournai le dos pour revenir à mon petit déjeuner en prêtant l'oreille au froissement du papier journal.

– Pat...

– Oui, Doc ?

– J'ai pris l'argent qui se trouvait dans votre tiroir. Je me suis dit que nous allions aller vous l'ouvrir, ce compte en banque.

– Parfait, dis-je.

– Mais je ne vais pas avoir le temps d'y aller aujourd'hui. Peut-être que demain nous pourrons y aller.

– Parfait, répétai-je.

Car c'était ce à quoi je m'étais attendu, et que pouvais-je dire d'autre ?

J'entendis à nouveau un froissement de papier suivi d'un long silence. Je bus mon café. Et j'attendis. J'attendis qu'il lise l'article concernant Eggleston. Qu'il le relise, peut-être, puis qu'il me regarde, qu'il voie mes cheveux, mes vêtements, et qu'il se souvienne que j'étais rentré tard la veille.

Lorsqu'il parla, ce fut d'une voix un peu trop détachée.

– C'est un bien joli costume que vous avez là, Pat. Je n'ai pas le souvenir de vous avoir jamais vu le porter.

– Merci du compliment, répondis-je. Je me suis dit que, comme il commence à faire vraiment chaud, je ferais bien de mettre quelque chose de léger.

Je l'entendis allumer une cigarette. Je l'entendis même tirer dessus à longues bouffées méditatives.

– Pourquoi ne prenez-vous pas votre propre voiture, aujourd'hui, Pat ? Si vous ne la faites pas rouler de temps en temps, la batterie risque de se décharger entièrement.

– C'est une idée, dis-je.

– Vous pouvez rentrer l'autre dans le garage.

– Merci, c'est ce que je vais faire.

Il ne parla plus jusqu'au moment où je me mis à boire ma dernière gorgée de café, un café dont je n'avais pas envie.

– A propos, Pat... pour ce groupe qui vient ici ce soir. J'aimerais pouvoir utiliser votre chambre, si vous n'y voyez pas d'inconvénient.

– Comme vous voudrez, Doc, dis-je.

– Nous serons obligés de déplacer un peu les meubles. D'amener d'autres fauteuils, ce genre de choses. Si vous pouviez dîner en ville, ça nous permettrait de tout préparer avant l'arrivée de nos invités.

– Je serai heureux de vous donner un coup de main.

– Non, non. Henry et Willie vont se charger de tout cela. Rentrez seulement à vingt heures trente, ou même plutôt quelques minutes avant. Nous écouterons une émission à la radio et je ne veux pas que quelqu'un arrive une fois que ce sera commencé.

J'acquiesçai de la tête et me détournai.

Il se leva du lit et se dirigea vers la porte sans se presser, s'arrangeant pour ne pas croiser mon regard.

– Nous vivons dans un monde bien cruel, pas vrai, Pat ? dit-il d'une voix morne et fatiguée.

– C'est ce que je me disais avant de vous connaître, répondis-je.

– Qu'est-ce que vous voulez dire exactement, s'enquit-il en me décochant un regard perçant.

– Je pensais à tout ce que vous avez fait pour moi. Ces vêtements, mon travail, la voiture, ici, et... comment dire, l'amitié que vous m'avez témoignée. De manière désintéressée. Simplement parce que j'avais besoin d'aide. Comment pourrais-je penser que c'est un monde cruel tant qu'il existe des hommes comme vous ?

Une rougeur gagna lentement son front. Sa lèvre inférieure disparut sous ses dents de devant.

– A ce soir, Pat, me dit-il d'un ton brusque, et la porte claqua derrière lui.

25

J'appelai le bureau de Rita Kennedy.

Je l'entendis qui retenait sa respiration lorsque je me nommai.

– J'ai d'autres imprimés qui sont prêts, lui annonçai-je. Je me demandais si vous vouliez que je vous les apporte aujourd'hui.

– Je... ne vous donnez pas cette peine, dit-elle. Vous pouvez les jeter. Et laissez la voiture chez vous. Nous enverrons quelqu'un la prendre dans un jour ou deux.

– Oh, dis-je. Alors je suis mis à la porte ?

– Je suis désolée, Pat. Votre paye vous sera calculée à la date d'hier, heure de fermeture des bureaux. Nous ne pouvons garder quelqu'un comme vous dans nos services. Cela... cela ne concerne en aucune manière votre façon de travailler, vous le comprenez bien.

Je comprenais. On l'avait déjà questionnée et elle avait répondu en toute bonne foi : *« Un grand roux ? Non, nous n'avons personne ici qui corresponde à cette description »*.

– Quand recevrai-je mon chèque ? lui demandai-je.

– Il va falloir attendre plusieurs jours, j'en ai bien peur. Ne comptez pas dessus trop tôt.

– Je n'ai pas un rond, Mlle Kennedy, dis-je.

– Pas un rond ! s'exclama-t-elle. Oh, mon Dieu !

Puis toute sollicitude disparut de sa voix qui redevint aussi sèche et cassante que lors de notre première entrevue.

– C'est regrettable, Pat. J'ai fait ce que j'ai pu. Bien plus que je n'aurais dû faire.

– Je le sais, dis-je. Et je vous en remercie.

– Ne vous donnez pas cette peine. Jamais. En réalité, je n'ai rien fait. On ne peut pas me demander de me souvenir de tous les gens qui ont travaillé pour nous.

– Bien sûr que non. Au revoir, Mlle Kennedy.

– Pat...

– Oui, mademoiselle ?

– Pourquoi avez-vous fait ça ?

– Ce n'est pas moi. Mais je n'arriverai jamais à en convaincre qui que ce soit.

– Est-ce que ça avait un rapport avec Doc ?

– Un rapport, oui. Mais je ne sais pas lequel.

J'entendis un petit rire incrédule puis le déclic de l'appareil. Cela mettait un terme à mes relations avec Rita Kennedy. En ce qui la concernait, je n'existais plus.

Il était trop tard, maintenant, pour me tourner vers Myrtle Briscoe. je ne pouvais plus aller la trouver maintenant que j'étais menacé d'une condamnation pour meurtre.

Je pris ma voiture pour me rendre dans le centre ville, passant à vitesse réduite devant l'immeuble où

Eggleston avait eu son agence. Il n'y avait rien à y voir, bien sûr. C'était juste pour faire quelque chose, une façon de tuer une partie de l'interminable journée que j'avais devant moi. Peut-être mon dernier jour de liberté. Si j'avais pu avoir le choix, je serais resté dans ma chambre. Mais Doc avait fort bien su me faire comprendre qu'il ne voulait pas m'y revoir avant le soir, et, si j'y retournais, cela provoquerait immanquablement un affrontement. Il allait bien falloir en arriver là à très brève échéance, mais cela ne m'avancerait à rien de précipiter le cours des choses. Si Doc avait la certitude que j'allais plonger, il serait le premier à me pousser. Il s'y sentirait obligé, quels qu'aient pu être les plans qu'il avait conçu pour moi.

Je tournai au carrefour et remontai la rue suivante en roulant au ralenti. Je n'avais pas envie d'entrer dans un théâtre ou un cinéma. Je ne voulais pas aller à la bibliothèque. Je ne tenais pas davantage à entrer boire un verre dans un bar mais il fallait bien que je fasse quelque chose. J'engageai la voiture dans un parking, patientant près de l'entrée tandis que l'employé garait un autre véhicule.

Il arriva alors dans ma direction en courant, un large sourire aux lèvres. C'est à ce moment-là que son sourire se figea et que je compris que c'était là le dernier endroit de la ville où j'aurais dû me montrer.

– Tout de suite, monsieur, dit-il en essayant de garder une voix normale. Vous allez rester longtemps, monsieur ?

– Juste le temps de faire réparer ma roue, répondis-je. Vous les réparez bien, n'est-ce pas ?

– Eh bien... euh...

Il hésitait, les yeux fixés sur moi.

– Eh bien quoi ? insistai-je, une note d'impatience dans la voix. Je n'ai pas que ça à faire.

– Euh, fit-il à nouveau tandis que l'expression soupçonneuse de ses traits s'effaçait quelque peu sous l'effet d'une bouffée de colère. Je peux vous le faire réparer, monsieur. Vous laissez votre voiture ici et je peux faire venir quelqu'un qui va s'en occuper.

– Oh, merde, dis-je. J'ai pas de temps à perdre avec ça. Où se trouve le garage le plus proche ?

– V-vous... vous travaillez pour l'état, monsieur ?

– Pour l'état ? grognai-je. Est-ce que je conduirais une épave pareille si je travaillais pour l'état ? Bon, est-ce que vous savez où je peux faire réparer ma roue, oui ou non ?

Il secoua la tête. Non pas en réponse à ma question mais à celle qu'il se posait lui. Ce n'était pas le même homme qu'il avait devant lui ; il n'allait pas devenir un héros.

Juste assez fort pour qu'il l'entende, je maugréai entre mes dents quelque chose concernant les imbéciles.

Deux voitures se présentèrent au même moment si bien qu'il n'eut pas le loisir d'ajouter un mot et que moi, je n'eus pas besoin de le faire. Il s'éloigna rapidement, l'air renfrogné, et je sortis du parking. Dans les dix minutes qui suivirent, je mis huit à dix kilomètres entre lui et moi.

Je choisis une rue résidentielle tranquille, ralentis pour maintenir ma voiture à une vitesse régulière de l'ordre de vingt-cinq kilomètres à l'heure et réglai ma radio de façon à pouvoir écouter les messages de la police. Je prêtai l'oreille jusqu'à midi sans cesser de rouler : rien me concernant ne fut diffusé. Ils ne me recherchaient pas encore. Pas encore.

Vers midi je m'arrêtai devant une boutique où j'achetai un hamburger et une bouteille de bière que j'avalai dans la voiture. Cela fit tomber mes neuf dollars à moins de huit dollars cinquante. Et me fit également repenser à ces cent cinquante dollars que Doc s'était appropriés.

Plus j'y réfléchissais et plus j'étais persuadé qu'il avait pris cet argent pour m'empêcher de filer. Il n'avait jamais eu l'intention de me faire ouvrir un compte en banque et il n'avait pas changé d'avis. Puis il s'était produit quelque chose, ou quelque chose était sur le point de se produire, et il était devenu dangereux que cet argent reste en ma possession.

Cela ne pouvait pas être en rapport avec Eggleston parce qu'il était impossible qu'il eût pu prévoir le rôle que j'avais joué dans cette affaire. Et le seul élément imminent était la venue de Fanning Arnholt. Par conséquent, d'une façon ou d'une autre, il devait avoir l'intention de se servir de moi et ce, non pas dans plusieurs semaines, mais le soir même.

Je me souris à moi-même en pensant à Madeline et à Hardesty. Voilà qui allait anéantir leurs plans. Toute l'affaire allait leur exploser à la figure avant qu'ils ne soient prêts, et ils allaient être obligés d'effectuer leur sale travail eux-mêmes, quel qu'il fût, au lieu de me le coller sur le dos.

Ils n'allaient pas apprécier. Mais alors, pas du tout. Hardesty en particulier, étant donnée la situation solide et respectable qui était la sienne en ville, allait détester de se retrouver impliqué dans une affaire aussi délicate. Il allait y avoir un beau règlement de comptes entre lui, Doc et Madeline. J'aurais peut-être la chance de pouvoir en tirer parti pour m'innocenter du meurtre d'Eggleston.

Je me demandai comment Doc allait s'y prendre pour régler l'affaire Arnholt le soir même, car, de toute évidence y compris pour moi, cela devait nécessiter deux ou trois semaines supplémentaires. Alors me revinrent à l'esprit ces rares occasions où je l'avais vu se comporter d'une manière pour lui inhabituelle, comme le soir où j'étais sorti de Sandstone, et je compris exactement comment il allait s'y prendre. J'étais certain qu'en agissant ainsi il allait déclencher ce que rien d'autre ne pourrait peut-être causer, une sévère querelle qui allait l'opposer à Madeline et Hardesty.

Madeline...

J'essayai de ne pas penser à elle. Lorsque je pensais à elle je me détestais parce que, eh bien, parce que, je ne pouvais pas la détester elle. J'en étais incapable quoi qu'elle eût fait ou s'apprêtât à faire, et je savais qu'il en irait toujours ainsi.

L'après-midi se traîna en longueur. Je roulai jusque vers trois heures et achetai une seconde bière dans une autre boutique. Ensuite je me remis à conduire, m'en tenant obstinément aux rues résidentielles et, vers cinq heures, je m'arrêtai devant un bar-restaurant toujours dans le même quartier.

Je m'assis au bout du bar et commandai un sandwich au jambon, une salade de pommes de terre et un café. C'était une salle minuscule située dans une rue secondaire et j'étais l'unique client.

Mes chevilles étaient douloureuses d'avoir conduit toute la journée pratiquement sans interruption. Je décidai de tuer là une partie du temps qui me restait.

Après avoir mangé, je pris un cognac et fis tomber quelques pièces dans le juke-box. Je jouai des tournées aux dés avec le barman, gagnai une fois et perdis les deux autres. Lorsque sept heures sonnèrent, je me sentais tout à fait détendu ; aussi détendu que je pouvais l'être vu les circonstances.

Et c'est à ce moment-là que le policier est entré.

C'était un grand et lourd gaillard au large visage rougeaud et aux petits yeux ronds qui ne cillaient jamais. Il franchit le seuil lentement, faisant tourner son bâton comme si c'était un prolongement naturel de sa main, et s'arrêta à l'autre extrémité du bar. Il fit du regard le tour de la pièce, inspectant murs, plafond, plancher et installations diverses, l'étudiant comme s'il envisageait d'en faire l'acquisition. Puis il se dirigea vers nous de sa démarche pesante.

Le barman ramassa les dés et me tendit le godet. Les doigts gourds, je m'en saisis tandis que le policier faisait tournoyer son bâton en le jetant en l'air, le rattrapait au vol et le pointait vers la porte, par-dessus son épaule.

– C'est à vous, ce cabriolet, là devant ?

– Oui, dis-je en ôtant mes pieds du barreau de mon tabouret. C'est à moi.

– L'avez acheté neuf ?

– Non.

– Ça fait combien de temps que vous l'avez ?

– Pas très longtemps, dis-je.

Il me regarda, le visage impassible. Son bâton s'abaissa et recommença à tourner entre ses doigts.

– Combien vous l'avez payé ?

– Cent soixante-quinze.

– A qui vous l'avez acheté ?

– Capital Car Sales.

Il coinça son bâton sous son bras, s'empara du crayon qui se trouvait accroché au moyen d'une agrafe sur le côté de sa casquette, ainsi que du calepin qui était dans sa poche revolver. Il inscrivit quelque chose tandis que ses lèvres suivaient le mouvement de ses doigts. Puis il referma le calepin, le remit dans sa poche et replaça le crayon dans son agrafe.

– Ça fait un bon moment que je me cherche une bonne petite voiture pas chère, dit-il. Je crois bien que je vais aller leur rendre une petite visite à vos gars.

Puis il fit demi-tour et sortit de sa démarche pesante, faisant tournoyer son bâton en tous sens au bout de ses doigts.

Je vidai deux autres verres, des doubles, puis sortis.

A huit heures quinze, je m'engageai sur la longue route ombragée qui menait à la maison du docteur Luther.

Trois pâtés de maisons avant d'arriver il y avait une décapotable garée le long du trottoir ; j'étais en train de faire un écart pour la dépasser lorsqu'une femme s'avança dans le faisceau de mes phares et leva le bras.

Lila.

– Oh, Pat, dit-elle lorsque je m'arrêtai à sa hauteur. Je suis drôlement contente que vous soyez arrivé. J'ai bien l'impression que je suis en panne d'essence.

– Ce n'est pas de chance, dis-je. Prenez le volant, je vais vous pousser jusque chez vous.

– Ah, c'est trop compliqué, répliqua-t-elle.

Elle ouvrit la portière et s'installa à côté de moi.

– Laissons-la ici, ajouta-t-elle. J'enverrai quelqu'un la chercher.

Je tirai sa portière mais ne démarrai pas. Il ne lui aurait fallu que cinq minutes à pied pour parvenir jusque chez elle. Pourquoi m'avait-elle attendu ? Car, visiblement, elle m'avait attendu.

Je me retournai vers elle pour la regarder et, dans la pénombre, elle m'adressa un sourire rayonnant.

– Eh bien, Pat ? Nous ferions peut-être mieux d'y aller ?

– Doc vous a dit de venir m'attendre ici, Lila. Pourquoi ?

– Mais, de quoi parlez-vous donc, Pat ? me répondit-elle en riant. Je vous ai dit que j'étais en panne d'essence.

– Est-ce que vous savez vraiment ce que vous faites, Lila, ou bien est-ce que vous avancez à l'aveuglette en vous contentant de faire ce qu'on vous dit de faire ?

Elle secoua la tête sans me répondre.

– Lila, dis-je, je suis persuadé que, foncièrement, vous êtes quelqu'un de bien. Je suis persuadé que vous voudriez être bien. Mais vous êtes mêlée à une très vilaine affaire. Si vous continuez, ce qui est arrivé à Eggleston pourrait bien vous arriver à vous aussi.

– Eggleston ? reprit-elle d'une voix déconcertée. Qui est-ce ?

– Vous le savez bien, qui c'était. Le détective privé.

– Je ne connais aucun Eggleston... ni aucun détective privé.

– Ne venez pas me raconter un truc pareil. Vous aviez rendez-vous avec lui hier soir... et il a été assassiné.

– Assassiné ? répéta-t-elle sans comprendre. Et j'avais rendez-vous avec lui ? Vous plaisantez, Pat !

Je l'agrippai par les bras et commençai à la secouer ; puis je la lâchai et me réinstallai derrière le volant.

– Oui, dis-je, je plaisantais. Je vais vous reconduire, maintenant.

– Je ne vois pas du tout de quoi vous vouliez parler. Franchement.

– Bien sûr, acquiesçai-je. C'est vrai. Le rendez-vous d'Eggleston était avec Mme Luther. Vous n'êtes pas Mme Luther.

26

Elle sursauta et se tourna vers moi.

– C'est faux ! Pourquoi... pourquoi... (Elle eut un petit rire proche de l'hystérie). Je n'ai jamais rien entendu de semblable !

– C'est bon, d'accord, admettons que vous soyez vraiment Mme Luther. Vous êtes la femme de Doc et le mariage n'a aucune signification pour vous. Vous êtes la femme de Doc et vous avez tué ou fait tuer Eggleston hier soir.

Elle flancha sous le coup qui la touchait de deux manières différentes, qui l'ébranlait profondément dans sa fierté et l'effrayait davantage encore.

– C'est v-vous... c'est vous qui l'avez deviné, dit-elle enfin. Ce n'est pas moi qui vous l'ai dit !

– Non. Ce n'est pas vous qui me l'avez dit. C'est Doc. Il m'en a tant dit que j'aurais dû m'en apercevoir avant. Comment cela a-t-il commencé, Lila ? Étiez-vous l'une de ses clientes ?

– N-non, dit-elle en frissonnant, pas au début. J'ai fait sa connaissance dans le train, il y a des années de cela (à peu près dix ans je crois), alors qu'il venait ici pour le première fois. Je... je souffrais d'un profond manque de sommeil et j'avais l'impression que j'allais devenir folle. Il m'a parlé et ensuite je me suis sentie mieux. Et quand il a commencé à pratiquer ici, je suis venue le consulter. Je... il a découvert ce qui me rongeait.

– De quoi s'agissait-il ? demandai-je en gardant une voix douce et amicale. Aviez-vous tué quelqu'un ?

– Mon mari. Je... je ne l'ai pas fait volontairement... je ne crois pas que je l'aie fait volontairement... mais ça n'a sans doute aucune importance. J'étais fatiguée de m'occuper de lui, je suppose, et je lui ai donné un dose de médicament trop forte. Ils ont tous prétendu que je l'avais tué. Ils ne pouvaient rien prouver mais ça ne les empêchait pas de le répéter. J'ai été obligée de partir.

– Et Doc a pris le relais de vos voisins d'avant, complétai-je. Il vous a convaincue que vous aviez commis un meurtre. Je suppose même qu'il a réussi à vous le faire admettre, n'est-ce pas ?

Elle se tourna vers moi et me regarda en écarquillant les yeux.

– On dirait que... que vous ne croyez pas...

– Bien sûr que vous ne l'avez pas fait intentionnellement. Doc voulait se servir de vous alors il vous a persuadée que vous aviez tué votre mari. Voyons si je comprends ce qui s'est passé ensuite, après qu'il eut commencé à vous faire passer pour sa femme. Il...

– Ce n'est pas la peine que vous essayiez de deviner, Pat, dit-elle.

Et elle me raconta ce qui s'était passé.

Doc s'était servi d'elle en montant une sorte de chantage aux bonnes mœurs des personnalités de la capitale de l'état. Il n'acceptait pas d'argent car alors on aurait pu l'accuser de tentative d'extorsion accompagnée de chantage, et, de toute façon, ceux qui ramassaient l'argent à la pelle disposaient rarement de grosses sommes en argent liquide. Alors, lorsqu'il surprenait son « épouse » dans une situation compromettante avec l'un de ces messieurs importants de la ville, il exigeait simplement de toucher sa part du gâteau au niveau politique. C'était ainsi qu'il s'était solidement implanté et cela lui avait permis de ne pas renouveler trop souvent ce petit jeu. Car, bien sûr, cela ne pouvait marcher indéfiniment. Déjà ainsi, le bruit s'était mis à circuler que Lila Luther se montrait trop facile pour l'être véritablement et que Doc ne paraissait jaloux que lorsqu'il pouvait y trouver son compte. Ses victimes ne pouvaient pas l'attaquer en justice pour chantage, mais elles pouvaient le faire chasser de la ville si elles apprenaient la vérité. Elles pouvaient faire en sorte que, même dans les cercles politiques les plus véreux, personne ne puisse se permettre de se compromettre avec lui.

– Je pense que c'est pour cette raison qu'il me déteste tant, conclut Lila. Cela fait des années que je ne lui suis plus d'aucune utilité mais il est obligé de me garder avec lui. Il a été obligé de me traiter comme on s'attend à ce qu'un homme occupant sa position traite son épouse. Je suppose que, à force, j'ai fini par obtenir plus de lui que je ne lui ai rapporté.

– Et quel effet tout cela vous a-t-il fait, Lila ?

– Je ne sais pas, Pat, m'avoua-t-elle en haussant les épaules avec lassitude. Au début j'ai lutté, mais par la suite j'ai fini par abandonner. Je ne suis pas très intelligente ; je ne vous apprends rien en vous le disant. Je ne sais rien faire. Doc me tenait avec cette histoire, et voilà tout, j'ai fini par abandonner. Je ne voyais pas ce que je pouvais bien faire d'autre.

– Connaissez-vous les plans de Doc en ce qui concerne Fanning Arnholt ?

– Fanning Arnholt ?

Elle avait l'air de ne pas comprendre de qui je voulais parler.

– Cette histoire de manuels scolaires.

– Je ne suis absolument pas au courant, Pat. Franchement, c'est vrai.

Je lui posai encore quelques questions pour essayer de la prendre en défaut. Mais elle disait la vérité. Elle ne savait rien des plans de Doc. Elle se contentait d'agir comme on le lui ordonnait, sans chercher à savoir pourquoi.

– Je vais vous dire une chose et je veux que vous me compreniez bien, Lila. Vous êtes dans un sacré pétrin. Presque aussi moche que celui dans lequel je me trouve moi. Après ce soir, Doc ne va plus être dans les parages. Vous allez vous retrouver toute seule, sans argent, voire même sans toit, et vous allez vous trouver au beau milieu de l'un des plus grands scandales qui aient jamais ébranlé Capital City.

Effrayée, elle se tourna vers moi. Puis elle partit d'un rire incrédule.

– Mais... comment ça ? Pourquoi ? Enfin...

– Je ne veux pas vous l'expliquer maintenant. Cela serait trop long ; et ne signifierait rien pour vous. Mais voici matière à réflexion. Puisque ce n'est pas vous, Mme Luther, qui est-ce ?

– Qui est-ce ? (A nouveau elle se mit à rire). Eh bien, mais... personne. En fait, Doc a tout inventé...

– Tss, tss. Il n'a rien inventé du tout. Il savait que ce qu'il racontait serait vérifié. Il s'est marié dans des circonstances absolument identiques à celles dont il a parlé, et sa femme l'a rejoint ici une fois qu'il a été établi. Il l'a gardée à l'écart de ses sales combines (autant que faire se pouvait), et s'est servi de vous à sa place. Et maintenant que le prochain scrutin se présente mal... Eh bien, Lila, à votre avis, que va-t-il se passer ?

– Je...

Elle fronçait les sourcils, essayant de réfléchir mais n'aboutissant à rien.

– Je ne... Dites-moi ce que je dois faire, Pat.

– Vous étiez censée m'attendre ici ce soir ?

– Oui. J'étais censée faire croire que... que nous étions sortis ensemble.

Cela ressemblait fort à l'annonce du règlement de compte final, mais je ne pouvais en être totalement sûr. Et si je fonçais trop tôt, je n'aurais aucune preuve. Je ne pouvais être maître de la donne qu'une seule fois, et si je gâchais ma chance elle ne se représenterait jamais.

– Dites-moi ce que je dois faire, Pat.

J'hésitai. Puis je sortis de ma poche un calepin et de quoi écrire.

– Comportez-vous exactement comme vous aviez l'intention de le faire, lui dis-je. Mais faites aussi ce que je vais vous dire : quand je vous adresserai un signe de tête, si je le fais, vous vous excuserez un moment et irez appeler cette personne. Vous lui direz de se rendre...

A nouveau, j'hésitai... De se rendre à la maison de Doc ? Non. Ce n'était pas de là qu'il allait filer. Il allait avoir des choses à emporter (habits, articles de toilette etc.), et il ne pouvait pas les emporter de chez lui.

– ... dites-lui de se rendre à cette adresse et de ne pas y aller seule. Dites-lui de placer l'endroit sous surveillance et...

Je le lui redis entièrement à deux reprises, lui expliquant tout en détails. Parce que c'était assez simple mais qu'elle l'était aussi. J'arrachai le feuillet de mon calepin, la regardai le glisser dans son sac à main puis démarrai.

J'arrivai à la maison. Je garai la voiture dans le garage et lui ouvris sa portière. Je la précédai de quelques pas en remontant l'allée ; puis, lorsque nous approchâmes de la véranda, elle glissa son bras sous le mien.

Elle s'accrochait à moi, me frôlant de sa hanche douce et élancée. Nous pénétrâmes dans le hall et, à ce moment-là, elle m'attira vers elle et m'embrassa sur la bouche.

Je lui souris et posai ma main sur son bras. Je ne dis rien. Et je n'essuyai pas les traces de rouge à lèvres.

Il était exactement huit heures trente. Nous tenant par le bras, nous suivîmes le couloir et pénétrâmes dans ma chambre.

Il y avait peut-être une douzaine de personnes dans la pièce. Doc y était, bien sûr, de même que Hardesty. Il y avait aussi Burkman, Flanders et Kronup, ainsi que deux des représentants des sociétés d'édition de manuels scolaires. Je ne connaissais pas les autres bien que je les eusse presque tous vus dans la maison ou au capitole à un moment ou à un autre.

Mon lit avait été repoussé contre le mur, de même que le secrétaire, la table et le chevet. Doc était juché sur un tabouret devant la radio. Les autres vautrés dans des fauteuils disposés en demi-cercle autour du poste.

La fumée des cigarettes et des cigares donnait à l'atmosphère une couleur bleutée. A l'exception de Doc, tous avaient un verre à la main.

Lila et moi nous assîmes sur deux chaises, les deux seules qui fussent libres, et pendant un instant, tous les regards se portèrent sur nous tandis qu'un silence absolu tombait sur la pièce.

Tous les regards se portèrent sur nous, puis sur Doc, observant son expression de stupéfaction, sa lèvre supérieure qui se retroussait sous l'effet de la colère, inconsciemment semblait-il, révélant ses dents du haut.

Il nous regardait fixement en manipulant le bouton du poste.

– Nous y voilà, dit-il lentement.

Et la voix de l'annonceur, au débit rapide et à l'exaltation feinte, emplit la pièce :

– Mesdames et messieurs, nous vous convions ce soir à l'Orpheum Hall où M. Fanning Arnholt, président de la Phalange Nationale va nous parler sur le thème de « Nos écoles : l'enjeu d'un double jeu ». Vous n'êtes certainement pas sans savoir que M. Arnholt se trouve depuis fort longtemps à la tête de ces citoyens vigilants et courageux qui mènent une croisade contre les influences subversives. Il...

Et tous, soudain, fixèrent des yeux la radio, qui venait de se taire.

– Je ne comprends pas, dit Doc en secouant la tête en réponse à leur question muette. Le poste fonctionne parfaitement bien.

– Si vous voulez bien patienter un bref instant (c'était à nouveau l'annonceur), il semble que... M. Arnholt était ici sur l'estrade à mes côtés il y a quelques secondes à peine, mais il semble que quelqu'un soit venu le chercher. Je me demande... oui, le voilà qui arrive ! Il est en train de parler avec un groupe de personnes et il a l'air très... il n'a pas l'air bien du tout. Et... Une petite minute, s'il vous plaît !

Les deux spécialistes en manuels scolaires échangèrent des regards inquiets. Quelqu'un s'exclama « Mais Bon Dieu qu'est-ce qui se passe ? » et des « Chut ! » s'élevèrent en chœur. Je jetai un coup d'œil à Lila. Je lui adressai un signe de tête. Jusque-là, je ne savais pas à quoi il fallait que je m'attende, mais c'en était le début. Elle se leva et quitta tranquillement la pièce. Et je vis, ou m'imaginai voir, une lueur étrange dans les yeux de Doc. Mais il ne dit rien et personne d'autre ne sembla remarquer son départ. Ils étaient tous bien trop intéressés parce qu'on entendait (ou n'entendait pas) à la radio.

Le poste n'était plus totalement silencieux. On percevait la rumeur étouffée de la foule et le bruit de plusieurs voix, apparemment proches du microphone. Deux d'entre elles se détachèrent sur le fond sonore :

– Mais c'est M. Arnholt qui est l'orateur annoncé...

– ... ne parlera pas... nous devons gagner du temps...

– ... d'accord. J'y vais.

Il y eut des craquements et des grésillements dans le micro, puis l'annonceur se fit de nouveau entendre.

– Mes amis, je vous remercie de votre patience. A la suite de circonstances imprévisibles qui vont vous être expliquées, M. Arnholt ne va pas pouvoir s'adresser à vous ce soir. Je vais maintenant céder la parole à M. Ralph Edgars, président de la section locale de la Phalange Nationale... M. Edgars, je vous en prie.

– Merci, répondit une voix. Euh... je n'avais pas prévu de m'adresser à vous, mes amis, et cela ne m'enchante pas du tout d'avoir à le faire. Il est de mon devoir de vous dire que l'organisation que je dirige et moi-même avons été sérieusement trompés...

Il marqua une pause pour s'éclaircir la gorge et le public observa le même silence absolu que celui qui régnait dans la pièce où nous étions assis. Même moi, qui m'étais attendu à quelque chose de ce genre, j'étais penché en avant, l'oreille tendue vers le poste.

– Quelques minutes avant l'heure où M. Arnholt devait prendre la parole ce soir, un certain nombre de documents (des photocopies de documents, devrais-je plutôt dire), m'ont été remis ici-même. J'ai été à la fois stupéfait et consterné de découvrir qu'ils jetaient des doutes sérieux sur les raisons qui ont motivé la venue de M. Arnholt ce soir et toute la série de discours qu'il avait l'intention de prononcer dans notre état.

« Pour être bref, ces documents tendent à prouver que M. Arnholt allait déclencher une campagne contre certains manuels scolaires afin que les ouvrages d'un éditeur concurrent puissent être adoptés à leur place par l'administration de l'état. En l'absence de toute explication satisfaisante de la part de M. Arnholt, ils ont valeur de preuve.

« Etant donné les circonstances, les responsables locaux de la Phalange et moi-même avons décidé d'annuler son discours et de vous présenter nos excuses. Pour différentes raisons, je ne vous nommerai pas ici les personnes et la société qui semblent avoir trempé dans cette escroquerie avec M. Arnholt. Nous avons balayé devant notre porte ou avons l'intention de le faire dans les plus brefs délais. Il ne nous appartient pas de nous substituer à l'action des tribunaux. Néanmoins, le nom de ces personnes et de ces sociétés vous seront communiqués le plus vite possible, et les suites judiciaires qui s'imposent seront données à cette affaire.

« Les documents, les photocopies, qui se trouvent en ma possession seront remis entre les mains de l'Avocat Général de l'Etat qui en sera saisi dès demain matin. Et j'ai reçu mandat de vous assurer qu'ils ne seront ni classés ni oubliés. Je peux vous assurer que...

Doc arrêta la radio.

Il pivota sur son tabouret et attendit.

Hardesty fut le premier à parler. Pendant un instant il eut l'air aussi écœuré, stupéfait et effrayé que tous les autres. Mais ensuite ses traits se crispèrent et il se força à rire.

– Eh bien, dit-il. Ce coup-là, c'est fichu.

– Oui, c'est fichu, acquiesça lentement Burkman. Fichu...

Alors son ventre rebondi se mit à trembler, il se cacha le visage dans les mains et pleura.

Flanders éclata d'un rire âpre.

– Qu'est-ce que je vous avais dit, Doc ? Je vous l'avais pas dit que cet espèce de connard allait tout foutre par terre et nous mettre dans la merde par-dessus le marché ? Si vous aviez consacré autant de temps et d'argent aux habituelles...

– Parlons-en de l'argent ! intervint l'un des représentants en manuels scolaires. Harry et moi avons chacun mis deux mille cinq cents dollars là-dedans. Merde, comment on va faire pour expliquer un coup pareil à nos sociétés d'édition ?

– On va pas avoir besoin de l'expliquer, observa l'autre avec amertume. On est foutus. Liquidés. C'est pas la peine qu'on essaye de vendre un seul livre dans tous le sud-ouest du pays avant au moins vingt-cinq ans.

Kronup agita son index en direction de Doc.

– L'argent c'est encore rien, gronda-t-il. Non seulement nous sommes tous grillés et nous allons avoir affaire à la justice, mais il n'y a personne vers qui nous puissions nous retourner. Ni maintenant, ni jamais. Nous n'allons pas pouvoir garder le moindre contact ; nous n'allons pas pouvoir faire élire quelqu'un d'un tant soit peu raisonnable. En fait, Doc, grâce à vous ces bon Dieu de réformistes vont se retrouver en poste, et pour longtemps. Et moi je dis...

– Salopard, sanglotait Burkman. Espèce de s-salopard...

– Tu vas la fermer, oui ? cria Flanders. Doc, je vous l'avais pas dit que...

– J'ai pas fini ! hurla Kronup. Je dis que ce psychologue à la manque est de mèche avec eux ! Je dis qu'il nous a vendus !

Il réitéra son accusation en hurlant à tue-tête car ils parlaient tous en même temps maintenant : ils criaient, grondaient, aboyaient en chœur. C'étaient des animaux terrorisés, hargneux, à demi-hystériques. Seuls, Doc et Hardesty se taisaient. Hardesty scrutait Doc, son trop beau visage trahissant une expression de surprise et d'amertume. Doc était assis, les mains croisées, et regardait le sol.

Ses lèvres bougeaient ; on aurait pu croire qu'il marmonnait quelque chose entre ses dents. On aurait pu le croire, mais on se serait trompé. Je commençais enfin à pouvoir déchiffrer les expressions de son visage. Il riait.

Ses lèvres s'arrêtèrent de bouger et il leva les yeux. Il secoua la tête et la pièce redevint silencieuse.

– Ne soyez pas aussi con, dit-il froidement à Kronup. Comment pourrais-je vous vendre ? Qu'est-ce que j'en tirerais ? Comment pourrais-je m'entendre avec les réformistes ? En aucune manière ils ne pourraient me proposer quoi que ce soit, même s'ils en avaient l'intention.

– Mais...

– Mais rien, coupa Doc. De toutes façons, nous ignorons ce qu'Edgars sait réellement de notre arrangement. La moindre parcelle d'information est suffisante pour faire tomber Arnholt, et Edgars n'en sait probablement pas plus. Il essaye de nous avoir au bluff. Si nous nous tenons à carreau sans rien dire, ça va peut-être se tasser.

Un grognement de désaccord s'éleva.

– Vous ne croyez pas un mot de ce que vous dites, objecta Flanders. Arnholt va tout déballer sans se faire prier. Quelle que soit l'importance de ce qu'Edgars possède ou pas comme document probant, ça sera toujours suffisant pour nous liquider.

– Nous sommes fichus et vous le savez pertinemment, dit Burkman avec colère en reniflant. Tout ce qui nous reste à faire maintenant c'est de ramasser tout ce qu'on peut avant que la maison s'écroule.

– Peut-être avez-vous raison, dit Doc en haussant les épaules.

Son calme semblait mettre Burkman hors de lui. Il essaya de parler mais la rage l'étouffait. Puis il me désigna du doigt, agitant dans ma direction un index qui tremblait.

– Vous avez monté je ne sais quelle magouille avec votre rouquin, là. Je ne sais pas laquelle mais je sais qu'elle doit vous rapporter gros vu le mal que vous vous êtes donné pour le faire sortir. Je veux ma part.

– Nous voulons tous notre part, corrigea Flanders.

– Personne n'aura sa part, dit Doc d'un ton égal. Cette affaire est annulée. Je fais retourner Cosgrove à Sandstone demain.

27

Je m'y étais attendu, mais d'être confronté à la froide réalité des faits m'ébranla. J'allumai une cigarette d'une main tremblante.

– Voilà une décision bien soudaine, Doc, dis-je. Cela vous gênerait-il de me l'expliquer ?

– Si vous tenez vraiment à avoir une explication, commença Doc en parlant plus vite que d'habitude, j'ai fait beaucoup de choses pour vous. J'avais l'intention d'en faire encore bien plus. Et tout ce que je vous ai demandé ça a été de laisser Lila tranquille. Mais non. Vous vous en moquez et vous ne vous cachez même pas.

« Tout récemment vous lui avez donné de l'argent pour qu'elle aille vous acheter une voiture. Vous aviez l'intention de manquer à votre parole et de quitter la ville avec elle... et j'aurais été doublement le dindon de la farce. Je préfère prendre les devants.

Un murmure diffus courut dans la pièce. Kronup s'éclaircit la gorge d'un air gêné.

– Dites, Doc, je suis vraiment désolé, commença-t-il. Il y avait bien des bruits qui couraient au capitole, mais...

– Bien sûr qu'il y en avait, dis-je. Doc voulait qu'il y en ait et ils n'étaient pas sans une certaine part de vérité. Lila m'a effectivement acheté cette voiture. Elle s'est jetée dans mes bras. Je savais que les racontars allaient bon train mais je ne savais quoi faire. Je...

– Oui, eh bien moi, je sais quoi faire, m'interrompit Doc en se levant de son tabouret. Messieurs, je suggère que nous nous revoyions demain matin pour décider de ce qu'il convient de faire pour cette affaire Arnholt. Bien franchement, ce soir, je n'ai pas les idées assez claires pour en discuter sérieusement.

Ils commencèrent à se lever, époussetant leurs vêtements et se dirigeant vers la porte. Quelques-uns me dévisageaient ; la plupart évitaient volontairement de le faire. Pour le moment, le problème de Doc prenait le pas sur le leur.

– Une petite minute, dis-je. Doc, il y a une chose que vous n'avez pas dite à ces messieurs. Lila n'est pas votre femme.

Ils s'arrêtèrent tous sur place. Ils nous regardèrent a tour de rôle, Doc et moi. Et Doc restait bouche bée. Puis la voix de Hardesty retentit dans la pièce, rompant le silence.

– Et alors ? demanda-t-il sur un ton modéré. Il n'a pas pu obtenir le divorce et il n'a donc pas pu épouser Lila. Cela ne change absolument rien au problème. Elle représente bien plus pour lui que la plupart des femmes pour leur mari.

– Oui, souligna Doc. Beaucoup plus.

– Bon, nous allons tous y aller, maintenant, reprit Hardesty sans plus de cérémonie. Mais moi,

Doc, si j'étais toi, je le tiendrais à l'œil, Cosgrove. Ça ne va pas lui plaire de devoir retourner à Sandstone.

– Je vais le tenir à l'œil, assura Doc.

Ils passèrent l'un après l'autre devant lui et sortirent. Ils étaient maintenant pressés de partir. Cette information concernant Lila n'était pas sans valeur ; nombre de gens haut placés n'allaient pas manquer de la trouver très intéressante.

Contrairement à moi, ils ignoraient que Doc ne serait plus là pour payer les pots cassés.

Enfin il ne resta plus que Doc et Hardesty, et le premier prit le second par le bras pour l'entraîner vers la porte. Mais Hardesty résista.

– Je pense qu'il vaudrait mieux que j'aie une petite conversation avec Pat. Pour qu'il sache où on en est.

– Plus tard, dit Doc sans me regarder. Pas maintenant.

– Je pense vraiment...

– Je me fous totalement de ce que tu penses. Je me charge de tout lui expliquer au moment opportun. Pour l'instant, je veux ficher le camp d'ici.

Hardesty se rappela brusquement quelque chose.

– C'est toi qui a fait rater l'affaire Arnholt, hein ? Mais bon Dieu, qu'est-ce qui t'a pris ?

– Ça aussi, je l'expliquerai. Allez, fichons le camp. Dès que nos petits copains auront eu le temps de foncer sur le téléphone, nous allons avoir de la visite. Nous ne pouvons pas nous permettre de nous attarder ici.

– Et lui ?

– Ça peut attendre, dit Doc qui tira littéralement Hardesty dans le couloir et claqua la porte derrière eux.

Je me versai un verre et m'assis sur le lit. Je me sentais très bien, détendu, et ce pour la première fois depuis que j'étais sorti de Sandstone. J'avais dit à Lila de disparaître dès qu'elle aurait passé son coup de téléphone. Il n'y avait rien d'autre à faire que d'attendre tranquillement la suite des événements.

Je restai allongé là à réfléchir : je souris légèrement en pensant à la surprise qui attendait Doc et Hardesty. Puis je pensais à Madeline et mon sourire disparut. Quoi qu'elle ait pu faire, je ne pouvais trouver aucun plaisir à me représenter ce qui allait lui arriver.

Je me pris à rêver, à prendre mes désirs pour des réalités en me demandant si j'avais pu me tromper sur son compte. Après tout, elle avait suggéré que j'aille voir Myrtle Briscoe pour jouer cartes sur table avec elle. Certes elle n'avait pas insisté pour que je le fasse ; mais comment l'aurait-elle pu alors que, visiblement, j'étais comme j'étais : prêt à tout pour ne pas retourner à Sandstone. Elle travaillait peut-être pour Myrtle. Elle était peut-être... la façon dont elle avait réagi pour Hardesty ne prouvait pas le contraire. Elle avait dû être forcée de lui jouer la comédie. Elle ne pouvait pas me laisser lui arracher la vérité par la manière forte, peut-être même le tuer. Elle...

Quelles conneries que tout ça. C'est fou ce qu'on peut perdre le sens des réalités. Cela faisait des années qu'elle était mêlée aux sales combines de Doc, et le pas était facile à franchir vers... Mais elle ne savait peut-être pas où cela allait la mener. Doc avait dû la mêler à tout ça petit à petit jusqu'à ce qu'elle y soit plongée jusqu'au cou.

Je poussai un juron et m'assis. Les choses ne se

passent jamais comme ça. Jamais, alors pourquoi cela changerait-il justement maintenant ? Ma vie toute entière était gâchée. Tout ce que je pouvais espérer de mieux c'était que ma libération conditionnelle ne soit pas révoquée. Elle était aussi malhonnête et pourrie que le reste de la bande, et il n'y avait pas de raison qu'elle n'en supporte pas les conséquences au même titre que les autres. Mais...

J'aurais bien voulu arrêter de penser à elle.

Il s'était écoulé presque vingt minutes lorsque Willie frappa à la porte et pénétra dans la pièce avec le téléphone.

Il le brancha dans la prise murale à côté du lit et me le tendit. Puis il ressortit aussi discrètement qu'il était venu et je parlai dans l'appareil. Je parlai et j'écoutai.

– D'accord, Doc, dis-je. J'arrive tout de suite.

Je raccrochai et parcourus une dernière fois la pièce d'un long regard circulaire. Puis j'allai sortir ma voiture du garage et pris aussitôt la direction de l'appartement de Madeline.

Je me garai derrière la voiture de Doc et grimpai silencieusement les marches. Je tendis l'oreille à la porte de la chambre puis m'avançai jusqu'à la seconde porte.

– C'est complètement idiot, disait Hardesty qui avait l'air en colère. Cette affaire devait nous rapporter vingt-cinq mille dollars et on aurait pu tout régler en quinze jours. Merde, je comprends pas pourquoi...

– Ça suffit, l'interrompit la voix de Doc. Nous n'avons plus qu'un meurtre à exécuter, le tout dernier... après quoi je disparais. Qu'en penses-tu ?

– Ce que j'ai toujours pensé, répondit Hardesty.

C'est comme ça que nous avions envisagé les choses. Si ça ne te plaisait pas, pourquoi tu l'as pas dit au début ?

– Les choses ont évolué depuis. La police est sur la trace de Pat ou ça ne va pas tarder. Il fallait que nous en finissions ce soir.

– Mais cette intention d'en finir ce soir, tu l'avais bien avant qu'ils n'aient commencé à rechercher Cosgrove. Pourquoi ne nous l'as-tu pas dit, à Madeline et à moi ?

– J'avais mes raisons.

– Oh, merde, dit Hardesty d'un ton écœuré.

– Je ne te comprends pas, reprit Doc lentement. J'aurais eu deux ou trois semaines de frais généraux à payer ; ça en fait du fric. J'aurais eu plusieurs milliers de dollars à débourser en factures que je me suis arrangé pour laisser en attente. Tout cela aurait été prélevé sur notre part. La tienne ne se serait pas élevée à plus de cinq ou six mille dollars. Qu'est-ce que tu peux bien en avoir à foutre de ces cinq ou six mille dollars surtout au moment où t'es sûr que tu vas en ramasser dix fois plus ?

– Ça ne me plaît pas, c'est tout, insista Hardesty.

– Ça, je le vois. Mais je me demande bien pourquoi.

– Laisse tomber. Laisse tomber tout ça et n'en parlons plus.

Le silence s'installa. Je levai le poing et frappai à la porte.

– Pat ?

C'était la voix de Madeline.

– Oui, dis-je.

– Entre.

J'entrai et refermai la porte derrière moi.

Hardesty et Madeline étaient assis sur le canapé. Elle était en chemise de nuit sous un peignoir en laine bleue et ses cheveux, relevés à la hâte, étaient retenus par des épingles au sommet de sa tête. Elle ressemblait à une enfant tirée soudain d'un profond sommeil, et m'adressa un sourire d'enfant, interrogateur mais confiant. Je détachai d'elle mon regard pour le reporter sur Doc.

Il s'était changé, et était occupé à sortir d'une pile de sacs et de paquets d'autres vêtements qu'il rangeait dans une valise posée sur une chaise devant lui. Il me sourit en plissant les yeux et désigna Madeline d'un mouvement de tête.

– Je ne crois pas que vous ayez été présentés l'un à l'autre comme il se doit, dit-il. M. Cosgrove... Mme Luther.

28

Madeline m'adressa un petit geste gracieux de la main.

– 'jour, M. Cosgrove, dit-elle d'une voix faible.

Je lui répondis par un signe de tête en me laissant tomber dans un fauteuil.

– Enchanté, Mme Luther.

– Bon, dit Doc avec un accent de réprobation. Vous ne semblez pas particulièrement surpris, Pat.

– Non, dis-je. Je suis seulement surpris de ne pas l'avoir deviné depuis longtemps.

– Ah ?

– Oui, affirmai-je. Vous m'avez mis sur la voie dès le début, le jour où j'ai acheté mes habits. Vous vous étiez disputé avec Hardesty et vous lui aviez dit de ne pas tourner autour de votre femme. Vous vouliez être sûr de ce que j'avais entendu... vous vouliez savoir si vous aviez nommé Madeline.

– Je m'en souviens, acquiesça Doc en lançant un regard méchant dans la direction de Hardesty. Je m'en souviens très bien maintenant que vous m'en reparlez.

– Et puis il y a eu cette histoire de bébé, dis-je. J'étais sûr que vous ne l'aviez pas inventée. J'étais persuadé que votre femme avait eu un bébé. Et... et comme j'avais vu Lila de très près, grâce à vous, je savais qu'elle n'avait pas pu en avoir un. Par conséquent...

Je ne lui dis pas le reste : que j'avais remarqué les vergetures (les marques laissées par la grossesse) sur le corps de Madeline. Je voulais parler de meurtre, faire en sorte que Hardesty et lui en parlent, surtout avec Myrtle Briscoe et ses gars qui tendaient l'oreille.

Hardesty émit un grognement d'impatience.

– Bon Dieu, Doc, dit-il, est-ce qu'on va rester assis là à discuter toute la nuit ?

– Nous avons le temps, répondit Doc. Nous devons un certain nombre d'explications à Pat. Il a le droit de savoir où il en est... Pat, j'ai cru comprendre que vous aviez parlé avec Lila ce soir ?

– Oui, répondis-je.

– Et elle vous a révélé la vérité ; elle n'est pas assez maligne pour faire autre chose. Vous comprenez dans quel pétrin je me trouvais ? Il me fallait absolument de l'argent et le hasard me l'a envoyée, prête à me rendre service. Et après avoir utilisé ses services je n'ai pas osé me débarrasser d'elle. Je ne pouvais pas me séparer d'une femme dont j'étais censé être follement amoureux. Je savais qu'elle parlerait si jamais elle échappait à mon contrôle.

– Et vous comprenez dans quel pétrin je me trouvais, moi ? me demanda Madeline d'une voix calme.

– A dire vrai, répondis-je, cela ne m'intéresse pas particulièrement.

Doc grimaça un sourire, puis l'expression de son visage changea et il secoua le tête.

– Ne la jugez pas si sévèrement. Elle ne le mérite pas. Nous commettons tous des erreurs que nous devons ensuite payer. Vous n'aviez que dix-huit ans lorsque vous avez dévalisé une banque. Madeline n'avait que dix-huit ans lorsqu'elle est arrivée ici, à Capital City.

– Je le sais, dis-je. C'est une petite personne d'une très grande loyauté.

– Oui, Pat. Vis-à-vis d'elle-même comme de moi. Nous ne sommes plus mari et femme que devant la loi. Elle a travaillé pour l'argent que je lui ai donné.

– Ce travail pourrait-il inclure un meurtre ?

– Celui d'Eggleston, c'est ça ? (Il secoua tranquillement la tête). Elle n'y est absolument pour rien. Il a découvert le secret de notre mariage et lui a réclamé de l'argent que je suis allé lui remettre. Elle ignorait que j'allais le tuer. Moi aussi. J'ignorais même qui l'avait engagé ou s'il travaillait pour son propre compte. Mais en discutant avec lui, il ne m'a pas fallu longtemps pour comprendre qu'on ne pouvait avoir aucune confiance en lui. Ce qui ne me laissait qu'une seule solution.

J'acquiesçai. Cela m'innocentait du meurtre. Maintenant il ne me restait plus qu'à régler le reste.

Doc jeta un regard distrait vers la porte donnant sur le palier, puis il me fixa à nouveau. Et son regard avait repris cet éclat particulier que j'avais remarqué chez lui au moment où Lila avait quitté la pièce.

– Il y a une chose que je n'arrive pas à comprendre, Doc, dis-je. Pourquoi n'avez-vous pas mené à bien cette affaire Fanning Arnholt ? Pourquoi avoit tout manigancé pour finalement tout faire échouer ?

– C'est ce que je voudrais bien savoir ! aboya Hardesty. Je peux déjà m'estimer heureux qu'on ne puisse rien me coller sur le dos.

– Eh bien..., commença Doc en hésitant, un mince sourire aux lèvres. Pourquoi n'essayez-vous pas de deviner, Pat ?

– Je verrais bien une ou deux explications, dis-je. La première serait que vous vouliez faire en sorte que lorsque vous vous présenterez devant vos juges vous puissiez faire état de quelques bonnes actions. Après ce qui s'est passé ce soir, notre état va se retrouver propre comme un sou neuf.

– Oui ?

– Je pense que c'est ce que vous vous imaginiez faire, poursuivis-je. Ce que vous vous êtes persuadé que vous faisiez. En réalité, je pense que vous aviez une autre raison. Vous aviez tiré le maximum de la situation. Vous vouliez vous assurer qu'il ne resterait rien pour les autres.

Les doigts de Doc se crispèrent sur le paquet qu'il

était en train d'ouvrir. Il le regarda fixement sans le voir puis se remit à défaire la ficelle. Il ne répondit rien.

Hardesty l'observait, l'œil mauvais.

– Ça alors ! s'exclama-t-il.

Puis il haussa les épaules dans un geste d'impuissance et dit :

– Pat, je suis désolé mais...

– Je parle à Doc, dis-je. Voyons si j'ai bien tout compris. Cela faisait longtemps que vous vouliez en finir avec tout ça, Doc. Vous saviez que le prochain scrutin allait vous y contraindre. Il fallait que vous réussisiez un dernier gros coup, et lorsque vous avez reçu la lettre que je vous avais envoyée de Sandstone vous avez vu comment vous pourriez vous y prendre avec l'aide de Madeline et de Hardesty. Vous avez pris plusieurs assurances-vie très importantes dont Madeline, votre femme, est la bénéficiaire, et vous m'avez fait libérer. Pour qu'apparemment je vous tue à la suite d'une querelle. En réalité, bien évidemment, personne ne va vous tuer. Tout sera là pour indiquer que je vous ai tué et que je me suis débarrassé de votre corps en le jetant dans la rivière où personne ne pourra le trouver. Mais les choses ne se passeront pas ainsi. Vous disparaîtrez pour aller vous cacher quelque part et Hardesty forcera les assurances à honorer leurs contrats en faveur de Madeline. Et d'ici un an à peu près, quand il n'y aura plus aucun risque, elle ira vous rejoindre. Ce plan est-il bien celui que vous avez conçu ?

– C'est celui que je vais appliquer. Entre parenthèses, Pat...

– Et Lila ?

– Eh bien quoi, Lila ? Ma femme ne voulait pas vivre avec moi mais elle tenait absolument à être couverte par une assurance. C'est tout.

– A mon sens, les compagnies d'assurances vont conclure à l'escroquerie. Aucune compagnie n'accepterait en connaissance de cause d'assurer quelqu'un dont la vie serait organisée d'une manière qui présente autant de risques.

– Exact, reconnut Doc. Il est bien dommage qu'elles n'y aient pas regardé d'un peu plus près. En l'état actuel des choses, elles ont accepté mes primes et Madeline figure comme bénéficaire. Ce sont des contrats en bonne et due forme et elles seront obligées de payer.

– Je vois, dis-je. De quelle somme allez-vous pouvoir disposer jusqu'à la fin de votre vie ? A combien se monte votre assurance ?

– Eh bien (Il hésita l'espace d'une seconde), je suppose qu'il n'y a aucune raison pour que je ne vous le dise pas. Dix polices d'assurance de dix mille dollars chacune. Ce qui, double indemnité, représente deux cents mille dollars.

– Quelle est la part de Hardesty ?

– En gros, soixante-cinq mille. Le tiers.

Je secouai la tête. Je ne trouvais rien à dire de plus sur le moment. Il me semblait que tout ce qui pouvait être utile avait été dit et il appartenait à Myrtle de...

– A propos, Pat. Ainsi que je voulais déjà vous le signaler tout à l'heure...

– Oui ?

– C'était bien joué, mais j'ai peur que Myrtle ne puisse se joindre à nous. J'ai fait ma petite enquête juste avant la soirée chez moi. Elle n'est pas en ville.

29

Je voulus avaler ma salive mais j'avais la gorge nouée. Et je pense que je devais avoir l'air aussi malade que je l'étais.

Doc m'adressa un sourire compatissant.

– Vous n'alliez pas me dire que vous aviez prévenu la police ? Ils vous mettraient la main dessus pour vous coller cette affaire Eggleston sur le dos, et avant que vous ne puissiez vous en tirer...

– Non, dis-je, je ne me suis pas adressé à la police. Je voulais juste dire que... que... Comment pouvez-vous faire une chose pareille, Doc ? Vous me condamnez à mort ! Ça ne vous gêne pas ?

– Je suppose que ça devrait, dit-il, mais non, en fait. Pas vraiment, Pat. Vous seriez mort à Sandstone si je ne vous en avais pas tiré. Comme ça, au moins, ça vous aura fait une petite balade.

– Cette voiture que Lila a achetée pour moi ne signifie vraiment rien ? insistai-je. Je vais pouvoir partir avec ?

– Je crains que non, Pat. Que l'on ne retrouve pas mon cadavre c'est une chose. Que l'on ne retrouve pas l'homme qui est censé m'avoir tué en est une autre. Cela ferait trop pour que ça puisse passer sans danger. Il faut absolument, j'en ai peur, qu'ils vous arrêtent non loin du lieu de notre querelle, laquelle n'aura de fatal que le nom.

– Et vous ne voyez aucun danger à ce qu'ils m'arrêtent ?

– Parce que vous allez tout leur raconter, c'est ça ? (Il eut un petit sourire pendant qu'il extirpait une paire de chaussettes d'un sac en papier). Qui donc ira croire une histoire rocambolesque comme celle que vous allez être obligé de leur raconter alors que tout indiquera qu'il y a eu meurtre ?

– Ça ne va pas marcher, Doc, affirmai-je.

– Oh, si, ça va très bien marcher, Pat, m'assura-t-il en souriant. C'est juste assez invraisemblable pour paraître tout à fait plausible. Vous-même, vous nous en fournissez la meilleure preuve. Cela fait des semaines que vous avez cette énigme juste sous votre nez et vous n'avez pas réussi à découvrir la raison qui m'a poussé à vous faire sortir de Sandstone.

– Ce n'est pas de ça que je parlais, repris-je. Je parlais des compagnies d'assurances. Elles ne vont pas accepter de verser les indemnités en question.

– En temps ordinaires, elles ne le feraient pas, reconnut-il. Elles ne versent pas d'indemnités d'assurance accident sans posséder une preuve irréfutable du décès... un cadavre, en d'autres termes. Mais quand l'affaire est d'une évidence telle... alors...

– Comment pouvez-vous en être aussi sûr ?

– Grâce à notre ami Hardesty ici présent, répondit-il en relevant la tête pour le désigner. L'un de nos phénix en matière judiciaire, quelle que soit l'opinion qu'on puisse avoir de lui à d'autres égards. Hardesty dit qu'ils seront obligés de payer. S'il le dit, ils le feront.

C'était vrai. Hardesty devait être au courant. Mais pourquoi en ce cas avait-il voulu que je... ? Soudain tout m'apparut clairement. La dernière pièce de ce puzzle mortel se mit en place. Et j'éclatai de rire.

J'étais pris, coincé au milieu de tout cela, quoi que je fasse. Mais je ne pouvais m'empêcher de rire.

Hardesty recroisa les jambes, s'agitant nerveusement sur le canapé. Sa main droite se glissa dans la poche de sa veste où elle demeura.

– Doc, dis-je. Vous n'êtes pas très malin, Doc. Pas pour certaines choses. Depuis le début j'ai eu l'impression que vous vous étiez lancé dans quelque chose qui vous dépassait, mais je n'aurais pas pensé que vous puissiez être aussi niais.

– Ah ? (Il souriait, mais une rougeur montait à ses joues). Eh bien, je voudrais bien savoir jusqu'à quel point, Pat ?

– Suffisamment pour croire ce que vous raconte quelqu'un qui vous déteste et qui aime votre femme. Suffisamment pour croire qu'il va se contenter d'un tiers de ces deux cents mille dollars alors qu'elle et lui peuvent garder le tout. Bien sûr qu'il le sait ce que les compagnies d'assurances vont ou ne vont pas faire. Mais il y a une sacrée différence entre ce qu'il sait et ce qu'il vous a dit !

– Je..., commença Doc dont les yeux allèrent de Hardesty à Madeline avant de revenir se poser sur moi. Je ne comprends pas.

– Il n'y a rien à comprendre, intervint Hardesty d'un ton péremptoire. Ne fais pas attention à ce qu'il dit, Doc. Il...

– Réfléchissez, Doc, repris-je. Et pendant ce temps Hardesty peut me faire une offre. Je veux que vous sachiez pourquoi vous allez être tué, mais il va falloir que vous réfléchissiez vite. Je ne vais pas pouvoir tenir mon rôle dans cette petite tragédie si la police arrive à me retrouver avant.

Doc m'observait en silence, battant des paupières derrière les verres épais de ses lunettes. J'adressai un signe de tête à Hardesty.

– Bon, dis-je, comment fait-on ? Est-ce que je le tue avant de filer ou bien est-ce vous qui le tuez en les laissant m'arrêter ?

– Pat ! cria Madeline. Non...

Mais la main de Hardesty était déjà sortie de sa poche.

– C'est vous qui le faites, dit-il en me lançant un petit automatique à canon court. Faites-le et filez.

J'attrapai le pistolet au vol et entrai aussitôt en action.

– Très bien, dis-je. Debout. Tous les trois.

– Pat, dit Hardesty. Vous...

– Debout, répétai-je en l'obligeant brutalement à se lever.

Je les fis aligner et les fouillai. Je poussai violemment Madeline à l'écart et fixai Doc et Hardesty.

– Maintenant, dis-je, je vais appeler la police.

– La police !

Ils avaient prononcé ce mot en même temps.

– Je sais, dis-je. Ils ne me croiront pas ; c'est probablement vrai. Mais il faut que j'essaie.

– Mais qu'est-ce que vous allez y gagner ? (Le visage de Hardesty était pâle comme la mort). Vous pourriez filer, Pat ! Nous allons... je vais m'arranger pour que vous ayez beaucoup d'argent pour...

– Je n'y crois pas, dis-je. On ne peut pas échapper à soi-même.

– Arrêtez de parler par énigmes ! aboya Doc. Vous avez fichu par terre cette histoire d'assurances. Et moi j'ai procédé à un grand nettoyage au niveau politique. Restons-en là et...

– C'est sûr, renchérit Hardesty. Soyez raisonnable, Pat. Nous sommes tous comme qui dirait partir

du mauvais pied ce soir, mais il n'est pas trop tard pour arranger les choses...
Doc, pourquoi ne nous serrons-nous pas tous la main...

– Pourquoi pas, dit Doc avec entrain, et sa main se tendit vers moi.

Elle se referma sur mon poignet. De toutes ses forces il appuya sur mon bras ; et Hardesty s'avança sur moi, prêt à frapper. Et à nouveau j'éclatai de rire. C'était trop facile. Cela ne me fournissait même pas un prétexte à leur donner une bonne leçon... à leur infliger probablement la seule punition qu'ils recevraient jamais.

J'esquivai plusieurs des larges moulinets que Hardesty faisait avec ses bras, histoire de le laisser se fatiguer. Après quoi je lui expédiai un uppercut avec le tranchant de la main : ses talons décollèrent du sol, il se retrouva projeté en arrière et alla s'affaler contre le mur.

Doc continuait à s'acharner contre ma main qui tenait le revolver. J'abaissai soudain mon bras puis le relevai d'un geste brusque et il partit rejoindre Hardesty contre le mur.

Ils restèrent avachis sur place, me fixant d'un regard hébété.

Je tournai mes yeux vers Madeline qui me regardait avec un sourire heureux et plein de joie. Elle tenait ses bras serrés autour de sa poitrine. Et avant que je n'aie pu réfléchir, me demander si j'avais eu raison, si pour une fois quelque chose allait se passer comme je l'espérais... la porte de la chambre s'ouvrit violemment.

Myrtle Briscoe pénétra dans la pièce. Myrtle, accompagnée de deux policiers. Elle souffla dans un sifflet et deux autres policiers firent irruption par la porte donnant sur le couloir.

Elle tendit le bras et ses hommes s'emparèrent de Hardesty et de Doc. Un signe de tête et ils les emmenèrent vers le couloir. Tout cela se passa en quelques fractions de seconde, si vite que Doc et Hardesty n'eurent même pas le temps d'être surpris. Ils franchirent le seuil sans prononcer un mot, chancelant entre deux policiers, et Myrtle appliqua une tape amicale sur l'épaule de Madeline.

– Notre petite amie a été plus rapide que vous pour nous passer le tuyau, Red, dit-elle avec un large sourire. Vous venez de vivre une petite demi-heure pas triste, hein ?

– Je... euh... oui, mademoiselle, balbutiai-je.

– Eh ben, vous l'avez cherché. Elle a bien essayé de vous faire vider votre sac, hein ? Et moi aussi, j'ai essayé, hein ?

– Oui, mademoiselle.

– Bon..., commença-t-elle tandis qu'elle me parcourait rapidement du regard. Cette petite bagarre ne semble pas avoir laissé de traces. J'avais peur que des coups de feu partent si je m'étais montrée en plein milieu. Je pouvais pas vous laisser vous faire descendre avant d'obtenir votre réhabilitation.

– Non, mademoiselle... *quoi* ? demandai-je.

– Pourquoi pas ? expliqua Myrtle Briscoe. Je crois que le gouverneur va s'empresser de signer tout ce que je lui mettrai sous le nez.

Sur ce, elle franchit la porte en martelant le sol puis la claqua derrière elle, et Madeline se jeta dans mes bras.

30

Voilà, je crois que c'est à peu près tout.

J'ai eu ma réhabilitation. J'ai eu du travail, celui que j'ai encore comme enquêteur au Service des Réhabilitations. Madeline a eu le divorce et nous avons eu un beau mariage.

Doc a eu droit à quatre-vingt-dix-neuf ans de prison pour le meurtre de Eggleston, auxquels se sont ajoutées trente années supplémentaires (à effectuer consécutivement) pour corruption, trafic d'influence et tentative de fraude. Hardesty a eu quarante ans de prison au total.

Cela fait beaucoup de « j'ai eu, il a eu », et ce n'est pas tout avec Burkman, Flanders et le reste de l'ancienne bande de Doc. Mais je ne veux pas m'attarder sur eux. Je dirai simplement que Doc ne manque pas d'amis, si on peut les appeler ainsi, là-bas, à Sandstone.

Lila...

Bah, tout bien considéré, elle s'en est très bien tirée.

Elle a vendu le récit de ce qu'elle avait vécu, rédigé par un nègre, bien sûr, à une grande agence de presse. Ça lui a rapporté une somme rondelette et beaucoup de publicité, laquelle s'est révélée très utile. La dernière fois que je l'ai vue (que Madeline et moi l'avons vue), elle avait son billet pour Hollywood où l'attendait un contrat pour tourner dans des films de série B.

Elle était venue nous rendre une petite visite pour nous dire au revoir avant son départ. Par la suite, je surpris Madeline en train de m'étudier d'un air songeur.

– Je me demande, commença-t-elle, je me demande si je saurai jamais ce qui s'est passé entre toi et cette fille.

– Ce qui s'est passé ? repris-je. Vous ne croyez tout de même pas que... que j'aurais fait *ça* Mme Cosgrove !

– Ben tiens. On parie ?

– Dans ce cas, répondis-je, je ne vois pas ce que je pourrais te dire pour te convaincre du contraire...

– Et tu ne vois pas non plus ce que tu pourrais faire ?

– En fait, je crois bien que si. Tu viens de me donner une idée.

Ce n'était pas une idée bien neuve mais elle s'avéra être bonne, vraiment bonne. Très bonne, si bien que Madeline oublia jusqu'à l'existence de Lila.

Très bonne, point final.

ACHEVÉ D'IMPRIMER
SUR LES PRESSES DE
L'IMPRIMERIE TARDY QUERCY
A CAHORS (LOT)

Imprimé en France
N° d'Impression : 6656
Dépôt légal : octobre 1986